러닝 하이

러닝하이

탁경은 장편소설

(주)자음과모음

차
례

러닝 하이 … 하빈   7

내 인생의 봄날은? … 민희   18

나 홀로 집에 … 하빈   35

일몰 사냥꾼 … 민희   53

입학 거부 통지서 … 하빈   76

그 어디에도 나는 … 민희   94

나한테 넘어온 공 … 하빈   112

개나 줘 버려 … 민희   122

네 잘못이 아니야 … 하빈   136

말할 수 없는 비밀 … 민희   155

갭이어 … 하빈   171

아직 닿지 않은 미래 … 민희   181

작가의 말   199

러닝 하이

하빈

    토요일 오전 10시. 내가 사랑해 마지않는 러닝 크루 '러닝 하이' 모임에 참여하기 위해 아침부터 분주히 움직였다. 버스를 타고 오늘의 약속 장소인 석촌호수로 향했다. 차창으로 비쳐 드는 밝은 햇살이 호수 위로 쏟아져 내렸고 수면에 일렁이는 햇살 조각이 눈부시게 반짝거렸다.

    두 팔을 위로 뻗으며 몸을 풀고 있던 설이 언니가 나를 발견하고는 손을 흔들었다. 나는 잽싸게 언니 곁으로 달려갔다.

    "요즘 고딩들 부지런하단 말이야. 나 때는 말이지, 고딩은 주말엔 무조건 늦잠이었는데."

    동안인 언니는 어울리지 않게 가끔 근엄한 얼굴로 담배를 빡빡

피울 것 같은 아저씨 말투를 한다. 이럴 때마다 언니와 나이 차이가 열 살 이상 나는 것처럼 느껴져 당황스럽다.

"언니, 요즘 그런 말 쓰면 아저씨 취급당해요."

"무슨 말?"

"나 때는 말이지, 그거요. 라떼 이즈 홀스."

"라떼…… 홀스? 아, 홀스. 이히힝 소리 내는 말?"

뒤늦게 말뜻을 알아차리고는 언니가 깔깔댔다. 대책 없이 웃을 때 언니는 원래 나이와 제법 어울린다. 다행스러운 일이다.

사람들이 하나둘 계단 아래 평지 쪽으로 모습을 드러냈다. 크루장인 하나 언니가 한 손을 번쩍 들자 사람들이 언니 곁으로 모여들었다.

"준비운동 하기 전에 새로 오신 분들을 잠깐 소개하겠습니다."

하나 언니의 말에 세 사람이 쭈뼛쭈뼛 움직였다. 삼십 대 초반으로 보이는 여자와 이십 대 후반으로 보이는 남자 뒤로 내 또래 여자애가 눈에 들어왔다. 쟤도 나처럼 고딩일까? 고딩이면 몇 학년일까? 세 사람이 나머지 사람들을 마주 보는 자리에 서자 하나 언니가 또랑또랑한 목소리로 말했다.

"환영합니다. 자주 나와 주세요."

그 말을 신호로 세 사람이 고개 숙여 인사를 건넸다. 나머지 사람들은 손뼉을 치며 환영의 뜻을 전했다.

인사는 그걸로 끝이다. 이름, 나이, 직업 등 신상 정보를 밝힐 필요는 없다. 이곳은 러닝 하이니까. 누구나 달리고 싶으면 사람들과 함께 달릴 수 있다. 세션이 종료되면 이야기를 잠깐 나누지만 거나한 뒤풀이는 없다. 참가비도 없다. 달리고 나면 감쪽같이 각자의 자리로 흩어진다. 무엇보다도 내가 이 모임을 좋아하는 이유는 레벨에 따른 맞춤 달리기가 가능해서다. 모두 같은 속도로 달리는 것이 아니라 자기가 달리고 싶은 속도에 맞춰 무리하지 않고 달린다. 그게 좋다.

준비운동을 시작한다. 충분히 몸을 풀어 주지 않으면 오래 달릴 수 없다. 스트레칭으로 팔과 다리를 가볍게 만들어 준다. 준비를 마친 사람들이 출발 지점으로 옹기종기 모인다. 하나 언니가 미리 공지한 대로 오늘은 그룹 레벨별로 5킬로미터를 뛸 예정이다.

달리기 직전에 하나 언니가 내 곁으로 다가왔다.

"하빈아, 오늘 새로 온 사람 중에 가장 어린 친구 있지."

나는 고개를 한 번 끄덕였다.

"오늘만 그 친구 페이스메이커 해 줄래?"

"그럴게요."

언니는 멋지게 미소 지으면서 내 어깨를 두 번 토닥였다. 대박, 언니가 내게 신입 멤버를 돌보라는 막중한 책무를 맡기다니! 가슴이 설렜다. 크루장인 하나 언니에게 정예 멤버로 인정을 받은 듯

해 기분이 좋았다.

하나 언니가 그룹의 맨 앞에 선다. 오늘의 페이서는 하나 언니다. 페이서는 사람들이 정확한 페이스로 달릴 수 있도록 앞에서 속도를 조절한다. 빠른 속도로 첫 그룹이 달려 나간다.

다음 그룹들이 차례로 트랙을 뜬다. 나는 여자애가 뛸 때까지 기다린다. 마지막 그룹에 속한 여자애가 긴장한 표정으로 발걸음을 뗀다. 머리를 질끈 동여맨 파란 머리끈이 눈에 들어온다. 여자애를 잘 알지도 못하면서 파란색이 그 애와 제법 잘 어울린다는 생각을 한다. 파란색이 잘 어울리는 아이, 파랑이? 내 멋대로 그 애 별명을 지어 버린다.

파랑이는 얼마 못 가 달리기를 멈춘다. 무릎을 두 손으로 짚더니 허리를 숙인 채 거칠게 숨을 몰아쉰다. 나도 처음에는 딱 저랬다. 커다란 돌덩어리를 발목에 달고 있는 것처럼 몸이 따라 주지 않았다. 그건 달린다기보다는 걷는 것에 가까웠다. 몸은 물에 가라앉는 납덩어리처럼 한없이 무거웠다. 내 몸 곳곳에 붙어 있는 군살을 오롯이 느꼈고 그냥 막 화가 치밀었다.

나는 천천히 속도를 늦춘다. 파랑이의 숨이 안정적으로 바뀔 때까지 기다리기로 한다. 일행 맨 끝에 서 있는 스태프에게 손짓을 보내 파랑이는 내가 책임지겠다는 의사를 전달한다. 파랑이의 뒤

태를 멀거니 바라본다. 처음 달리기를 시작할 때의 나보다 몸집이 커 보인다. 파랑이의 통통한 몸이 달리기에 적응하려면 꽤나 시간이 걸릴 것이다. 어쩌면 적응하기도 전에 달리기에 완전히 질려서 이번 모임을 끝으로 나오지 않을 수도 있다.

"많이 힘들면 걸어도 돼요. 좀 빠른 걸음으로."

내 목소리에 파랑이가 살짝 놀란다. 그제야 내가 곁에 서 있는 걸 깨달은 눈치다. 나는 파랑이가 민망해하지 않기를 바라며 머쓱한 웃음을 날린다. 내 말에 힘을 얻었는지 어쨌는지 이마에 맺힌 땀을 손등으로 슥 닦더니 어색한 미소를 짓는다.

"신경 쓰지 말고 먼저 가세요."

파랑이가 거친 호흡 사이로 말을 내뱉는다. 아직도 호흡이 진정되지 않은 걸 보니 몸이 좀 놀란 것 같다.

"괜찮아요. 나도 오늘 컨디션이 별로라서."

여전히 정신이 없는지 파랑이는 내 말에 아무 대꾸도 하지 않는다. 그러더니 이마를 찌푸리면서 주변을 살핀다. 숨을 헐떡이고 있는 자기 모습을 들키고 싶지 않은 걸까. 파랑이에 꽂혀 있던 시선을 자연스럽게 앞으로 넘긴다. 고른 속도로 죽죽 나아가는 사람들의 뒷모습을 멍하니 바라본다. 몸이 울부짖는다. 점점 멀어지는 사람들 옆으로 단숨에 달려갈 수 있다고. 하지만 나는 파랑이를 기다린다.

호흡이 안정을 되찾는가 싶더니 딸꾹질 소리가 들렸다. 새하얗게 질린 파랑이가 다급히 손등으로 입을 막아 보지만 소용없었다. 한번 시작된 딸꾹질은 멈출 기색 없이 집요하게 이어졌다. 그 소리를 고스란히 듣고 있으니 곧 내게도 딸꾹질이 전염될 것만 같았다.

이 상황이 우스워 내가 풋, 하고 웃음을 터뜨렸더니 파랑이도 딸꾹질을 하다 말고 히힛, 하고 웃었다. 웃다가 딸꾹질을 하다가 다시 웃어 대는 자신이 낯설었는지 파랑이는 숨을 꾹 참는 사람처럼 웃음을 멈췄다. 파랑이 머리 뒤로 보이는 쨍한 햇살이 눈을 시리게 했다.

그날이 떠오른다. 처음으로 러닝 하이에 참여한 날. 태풍이 북상 중이라고 했다. 그리고 바로 전날 나는 꽤나 충격적인 비밀을 알게 되었다. 사랑하는 나의 가족이 진짜 가족이 아니라는 쇼킹한 사실을.

망치로 머리를 맞은 듯한 충격에 정신이 얼얼해서였을까. 갑작스레 태풍의 모습이 궁금해 이미지를 검색했다. 태풍은 언뜻 보면 하얗고 포근포근한 솜사탕 같았다. 회오리감자도 떠올랐다. 중심에 태풍의 눈이 있는데 중앙으로 갈수록 구름은 더 하얗고 촘촘했다. 중심을 향해 단단한 구름층이 동심원을 만들고 있는 사진 속 태풍은 고요해 보였다.

태풍은 보통 자연재해로 이어지지만 장점도 많다. 많은 비를 내려 물을 공급해 주고 해수면을 마구 뒤섞어 적조현상을 없애 주기도 한다. 과학 시간에 이런 말을 들은 적이 있다. 태풍은 지구의 관점에서 보면 에너지 불균형 해소를 위한 필수 불가결한 존재라고.

태풍의 눈을 직접 본 사람이 이렇게 말했다. 거대한 원형 경기장 한가운데에 서서 하얀 구름 벽이 천천히 회전하는 것을 보았노라고. 눈앞에서 회전하는 높고 커다란 구름 벽이라니. 멋진 경험을 한 그 사람이 부러웠다. 그걸 두 눈으로 직접 보면 어떤 느낌일까 궁금했다.

그러고 보니 초등학교를 졸업한 이후로 무엇이든 '직접' 해 본 일이 거의 없었다. 교과서에 고개를 파묻고 종일 같은 공간에 앉아 있는 일이 전부였다. 나는 문득 궁금했다. 태풍이 오는 날 비를 맞으면 어떤 느낌일까. 좋아하는 남자애와 입술을 맞추면 어떤 느낌일까. 햇볕이 뜨거운 여름날 달리면 어떤 느낌일까. 직접 몸으로 겪고 느끼고 싶었다. 소소하고 작은 일이어도 좋으니 머리가 아니라 몸에 새기고 싶었다.

가까운 곳에 모이는 러닝 크루를 검색했다. 그게 러닝 하이였다. 주말마다 각자의 사연을 안고 모여 달린 다음 쿨하게 헤어지는 점이 좋았다. 이곳에만 오면 마음이 편했다. 사람들과 함께 달릴 때 더 제대로 달리고 싶어 모임이 없는 주말마다 가까운 공원을 홀로 달렸다.

달리기를 좋아하는 이유는 수없이 많다. 나는 달리는 순간 진정 자유로움을 맛본다. 어떤 의무도, 상념도, 명령도 나를 가로막지 못한다. 매 순간 호흡에만 집중했고 박력 있게 땅을 디디며 달렸다. 호흡이 빨라지면서 몸이 힘들다는 신호를 보낼 때도 있었지만 그 고비가 지나면 금세 기쁨이 차올랐다. 바짝 몸을 웅크리고 있다가 힘겨운 순간이 지나면 활짝 날개를 펼치는 희열과 쾌감. 이미 내 몸은 달리기의 은밀한 기쁨에 중독되어 있었다.

나는 혼자서 달리는 것이 좋았다. 달리기에 빼곡히 들어차 있는 고독이 싫지 않았다. 달리기를 꾸준히 하면서 나는 혼자여도 괜찮을 수 있다는 걸 깨달았다. 그렇지만 러닝 하이에서 함께 달리는 일을 멈출 수는 없었다. 하나 언니와 설이 언니를 만나 안부를 주고받는 일이 좋았다. 무엇보다도 러닝 하이 덕분에 '함께' 달리는 일의 즐거움을 알아 버렸다. 그건 가슴 벅찰 정도로 기분 좋고 뿌듯한 일이었다.

러너는 3년을 더 산다는 말을 해 준 사람은 설이 언니였다. 언니 말에 따르면 달리기는 수명 연장에 가장 효과적인 운동이란다. 하루에 한 시간 달릴 때마다 수명이 일곱 시간이나 늘어난다. 하루 5분만 달려도 심장마비에 걸릴 위험이 25퍼센트나 줄어든다니 정말 굉장하다.

운동을 하면 뇌세포 사이의 연결이 강화돼 기억력이 좋아진다고 말해 준 사람은 하나 언니였다. 언니는 영국의 한 초등학교에서 실시한 실험 이야기까지 들려줬다. 한 그룹은 매일 15분씩 달리기를 했고 다른 그룹은 아무 운동도 하지 않았다. 결과는 놀라웠다. 매일 달리기를 한 그룹 아이들의 성적이 월등히 향상되었단다. 달리는 사람은 머리까지 똑똑해진다는 사실이 흥미롭다.

웃음을 멈춘 파랑이가 허리를 곧게 세웠다. 아주 잠깐 나와 눈이 마주쳤다. 파랑이는 희미해진 크루원들의 꽁무니를 노려보더니 입을 다부지게 다물었다. 파랑이가 서서히 발을 떼며 이내 달리기 시작했다. 나도 뒤따라 속도를 조금씩 높였다.

"천천히 달려도 돼요."

그 애가 들을 수 있도록 큰 목소리로 외쳤다. 내 말을 들었는지 고개를 한 번 끄덕였다.

파랑이는 뛰다가 걷다가를 반복했지만 멈추지 않고 묵묵히 앞으로 나아갔다. 그 애 속도에 맞춰 달리다가 고개를 살짝 올렸다. 파란 하늘에 뭉게뭉게 피어나는 하얀 구름들이 눈에 들어왔다.

"하늘 멋지다!"

하나 언니가 우렁차게 외쳤다. 파랑이와 나는 속도를 줄이고 뒤쪽으로 몸을 돌렸다. 어느새 호수를 한 바퀴 돈 첫 번째 그룹이 우리 뒤를 바짝 쫓아 달리고 있었다.

"언니 그룹은 몇 킬로 남았어요?"

"2킬로. 완주 안 해도 되는 거 알지?"

"완주할 건데요?"

"오, 저 패기 보소."

하나 언니가 여유로운 미소를 흩뿌리고는 속도를 더 냈다. 언니가 이끄는 첫 그룹은 쌩 하고 우리를 추월해 버렸다. 다시 단둘이 남았다. 그림자처럼 파랑이 뒤에만 있던 내가 그 애 옆으로 가 나란히 달렸다.

"얼마나 남았어요?"

파랑이가 숨을 헉헉거리며 물었다.

"신경 쓰지 마요."

"완주 꼭 하신다고."

"농담한 거예요."

가쁜 호흡 속에서 그 애가 고개를 꾸벅 숙이며 말했다.

"고맙습니다."

그 말을 끝으로 파랑이는 더는 말하지 않았다. 입을 벌려 숨을 들이쉬고 내쉬는 일에 집중했다. 일그러진 얼굴이 고통스러워 보였는데도 꾸준히 발을 놀렸다. 문득 파랑이가 계속 모임에 나와 주면 좋겠다고 생각했다. 몸에 붙어 있는 군살을 빼는 일이 얼마나 뿌듯하고 상쾌한 일인지, 멋진 하늘을 바라보며 함께 달리는 일이 얼마나 근사한 일인지 파랑이도 알았으면 좋겠다.

2킬로미터를 겨우 달렸을 때 파랑이는 멈췄다. 가슴을 움켜쥐더니 땅바닥에 털썩 주저앉았다. 그건 더는 달릴 수 없다는 항복 선언이었다. 나는 파랑이로부터 좀 떨어진 곳에 서서 스트레칭을 시작했다. 쿨다운 마무리 스트레칭이다. 달리기만큼이나 달리기 전후의 스트레칭이 중요하다는 걸 배운 곳도 이곳이다.

무엇이든 처음은 어렵다. 낯설고 힘에 부친다. 하지만 새로운 것을 시도했다는 사실은 내 안에 오롯이 남는다. 오늘 아침 석촌호수로 쏟아진 햇살의 빛깔, 공기의 습도와 온도, 두근거리는 심장과 땀으로 흠뻑 젖은 티셔츠의 감촉, 이런 것들을 파랑이가 기억해 주었으면 좋겠다.

내 인생의 봄날은?

아끼는 청치마를 꺼내 입고 샌들을 신었다. 모두가 잠에 빠진 시각. 현관문을 최대한 조용히 열고 닫았다. 아파트를 빠져나와 밤거리를 조용히 걸었다. 미세먼지 때문인지 가로등이 뿌옇게 번져 보였다.

마포대교에 도착했다. 대교 위로 바람이 거세게 불었다. 환한 조명만이 외로이 어둠을 물리치고 있었다. 난간을 한 손으로 붙잡고 천천히 걸었다. 난간에 적힌 문구들이 약한 빛을 받아 반짝였다.

내 인생의 봄날은 언제나 지금이다.

캘리그래피로 새겨진 글씨가 내게 말을 걸었다. 지금이 내 인생의 봄날이라고? 동의할 수 없다. 지금은 내 인생의 겨울이다. 그것도 손과 발이 꽁꽁 얼어붙고 코끝이 시려 얼얼한 겨울. 그렇다면 내 인생의 봄날은 언제였을까.

나는 글씨를 손가락 끝으로 훑으며 지나갔다. 가슴이 꽉 막힌 듯 답답했다. 아무나 붙잡고 힘들다고 이야기하고 싶을 때가 종종 있었다. 솔직히 마음을 터놓을 수 있는 누군가를 찾고 싶은 적도 있었다. 하지만 아무리 주변을 둘러봐도 이야기를 들어 줄 만한 사람은 없었다. 그만큼 가까운 사람도 없었고 내 이야기를 들어 줄 만큼 여유 있는 사람도 없었다.

누구에게도 털어놓지 못한 답답함이 턱밑까지 차오를 때면 이곳으로 왔다. 대교 위에 서서 도도히 흐르는 강물을 바라보면 마음이 탁 트였다. 강물에 반사되어 어른거리는 조명을 하염없이 보는 동안 머릿속을 가득 채웠던 생각이 잠잠해졌다.

대교 북단에서 걸음을 멈추었다. SOS 생명의 전화가 보였다. 어두운 숲속에서만 볼 수 있다는 반딧불이의 불빛처럼 생명의 전화에서 약한 불이 새어 나왔다. 앙증맞은 초록색 수화기 옆으로 두 개의 버튼이 보였다. 하나는 119로 이어지는 빨간 버튼이고 다른 하나는 생명의 전화라고 쓰인 파란 버튼이다.

기말고사가 끝나고 방학 전까지 붕 뜬 시간에 수업 대신 영화를 틀어 주는 선생님들이 많았다. 빨간 버튼을 보고 있으니 〈매트릭스〉가 떠올랐다. 영화 초반부, 주인공 네오는 진실의 열쇠를 손에 쥐고 있는 모피어스를 만난다. 그는 두 가지 약을 내밀며 네오에게 묻는다.

"파란 약을 먹으면 네가 믿고 싶은 걸 믿게 되고 빨간 약을 먹으면 진짜 현실을 알게 된다."

그 순간 모피어스는 내게도 같은 질문을 던진다.

'너는 진실을 알고 싶니, 아니면 거짓된 행복 속에 살고 싶니?'

파란 약을 먹으면 네오는 꿈에서 깨어나 거짓을 진실이라고 믿으며 살아갈 것이다. 거짓이 가득하지만 행복하고 편안한 세계로 돌아갈 수 있다. 하지만 빨간 약을 먹으면 거짓을 부수고 진실을 마주 보아야 하는 지난한 여정이 시작된다.

네오는 빨간 약을 먹고 고생길에 오른다. 내가 네오였다면 파란 약을 먹었을 거다. 단 한 번이라도 행복해지고 싶으니까.

지금 힘드신가요? 당신의 이야기를 들어 드리겠습니다.

생명의 전화 상단에 적힌 문구를 흘낏 바라보고는 뒷걸음질했다. 나는 대교 중간에 서서 강물을 내려다보았다. 고요한 어둠이 스며든 물줄기가 부지런히 움직이고 있었다. 강물 흐르는 소리가 들릴 듯 말 듯 했다.

이번 달에 태풍이 북상한다고 하던데. 순간최대풍속 43미터의 중형 태풍이 한반도 중심부를 관통할 거라던데. 산사태가 일어나겠지. 홍수가 나겠지. 집채만 한 파도가 해안도로를 점령하겠지. 정전이 나겠지. 어쩌면 나는 태풍이 도심을 강타하기를, 무지막지한 속도와 파급력으로 눈앞의 것들을 산산조각 내기를 바라고 있는지도 모르겠다. 그 무서운 위력으로 내 안에 켜켜이 쌓여 있는 분노를 단숨에 파괴해 주기를 바라는 것인지도.

"안녕?"

갑작스레 끼어든 목소리에 깜짝 놀랐다. 나는 가슴을 한 손으로 짚으며 눈길을 옆으로 돌렸다.

"놀랐구나. 미안해요."

"어?"

며칠 전에 러닝 하이에서 나를 졸졸 따라다녔던 사람이 거짓말처럼 눈앞에 서 있었다. 한눈에도 명랑, 쾌활함이 온몸에서 뿜어져 나오던 사람. 질투 나고 부러운 마음에 자꾸만 시선이 갔었지.

"맞아요, 러닝 하이."

그녀가 털털하게 웃고는 내 곁으로 한 발자국 다가왔다. 그러고는 무심히 물었다.

"여기서 뭐해요?"

"산책이요."

"나돈데. 여기 내 산책 코스거든요."

그녀가 방긋 웃는다. 활짝 피어난 웃음에 빼곡히 들어차 있는 자신감. 예전부터 그랬다. 당당한 사람들이 거슬렸다. 왜일까?

"고등학생이에요?"

"그건 왜요?"

"아, 중학생이 산책하기에는 늦은 시간 같아서."

뭐지, 그 의심 가득한 눈빛은 뭡니까? 설마 지금 내가 강물에 뛰어내리려고 이곳에 있다고 생각하는 중?

"중딩이고 산책 온 거 맞아요."

"정말?"

헐, 이 사람 지금 의심하는 거 맞네. 어이가 없어 돌아 버리겠다. 나는 대답하지 않고 고개를 그냥 돌려 버렸다. 다시 강물을 보는데 내 옆으로 바짝 다가온 그녀의 기척이 느껴졌다.

"중3?"

"중2요."

"난 열일곱. 말 놓아도 될까?"

그녀가 고개를 살짝 옆으로 기울이며 물었다. 저기요, 말은 아까부터 짧았거든요?

"그러세요."

"너도 말 놓지. 난 괜찮은데."

"나중에요."

그녀가 난간을 두 손으로 붙잡더니 몸을 뒤로 쭉 늘였다.

"세린중 다니니?"

"네."

"나도 거기 나왔는데."

나는 유연한 활처럼 죽 늘어나는 그녀의 몸을 힐끔거렸다.

"그럼 지금 세린고 다니세요?"

"지금은 학교 안 다녀."

이건 또 무슨 말이람? 자퇴생이라는 소리? 아님 퇴학생? 어떤 질문을 던져야 할지 몰라 어리둥절해하고 있는 사이 그녀가 질문을 가로챘다.

"참, 다음 모임 때 나올 거니?"

"모르겠어요."

"그날 힘들었지?"

힘들었다고 대답하려는 찰나에 그녀가 말을 이었다.

"나도 처음엔 힘들었어, 무지무지. 근데 계속하다 보니까 좋아졌어."

그녀의 목소리가 좀 단호해졌다. 나는 대답 대신 난간을 붙잡고 있는 가느다란 손가락을 한참 내려다봤다. 저 아름다운 손가락이 내 것이면 얼마나 좋을까, 그런 쓰잘머리 없는 생각을 하면서.

"모임 꼭 나와."

그 말을 끝으로 그녀는 손을 가볍게 흔들고는 내게서 점점 멀어졌다. 집으로 돌아가나 보다, 하고 생각하는데 발걸음을 휙 돌려 다시 성큼성큼 다가왔다.

"있지, 내가 도와줄 수 있는데."

그녀가 랩을 뱉듯 도전적인 어투로 말했다.

"네?"

"달리기 말이야."

대교 위로 바람이 넘실거렸지만 그녀가 어찌나 꼿꼿이 서 있는지 바람 한 자락 없는 곳에 홀로 서 있는 것 같았다.

"달리기요?"

그녀가 팔짱을 꼈다. 단단한 몸과 자신만만한 표정에 왠지 주눅이 들었다.

"모임 나오기 전에 잘 달릴 수 있는 몸을 먼저 만들면 좋을 것 같아서. 어떻게 생각해?"

"아니, 뭐⋯⋯."

나는 어안이 벙벙했다. 내게 하고 싶은 말이 무엇인지 짐작조차 되지 않았다. 그녀는 고개를 갸웃거리며 곰곰이 생각에 잠겼다.

"다음 주부터 방학이지?"

"네."

"일주일만 나랑 달리자."

그녀가 내 어깨에 손을 척 올리며 제안했다. 아니, 그건 제안이라기보다는 명령에 가까웠다. 열정으로 활활 타오르는 그녀의 커다란 눈동자가 나를 압도했다.

"세린공원 어때?"

아니, 별로인데……. 벌써 폭염주의보가 심심찮게 뜨고 있는데. 올여름 진짜 덥다는데. 한여름 뙤약볕 아래에서 매일 달리자는 말인가요? 진심으로요?

"좋아, 월요일 10시 공원 정문에서 봐. 오케이?"

그녀가 환하게 웃으며 말했다. 그 웃음을 넋 놓고 바라보는 사이 오케이 사인을 날리더니 대답은 들을 필요도 없다는 듯 획 몸을 돌려 빠른 걸음으로 멀어졌다. 나는 그녀의 뒷모습을 멍하니 바라보다가 대교가 무너져라 깊은 한숨을 토해 내며 고개를 숙였다.

왜 자신만만해 보이는 사람을 만나면 거슬릴까? 바로 이거다. 저 당당함과 세트로 다니는 오지랖이 무지 성가시다. 다른 이유도 있다. 자신감이 철철 넘치는 얼굴을 보면, 나는 죽었다 깨어도 가질 수 없을 것 같은 당당하고도 단호한 말투를 들으면 자동으로 주눅이 든다. 그런 자신이 못마땅하다.

나는 일요일이 싫다. 일요일은 아빠가 정한 가족 대화합의 날인데 내가 볼 땐 화합에 도움이 하나도 되지 않는다. 그런데도 아빠는 황소고집을 부리고 있다. 무슨 일이 있어도 일요일 아침은 다 같이 먹어야 한다고. 그렇게 하면 우리가 드라마에 나오는 화목한 가족으로 변신할 수 있다고 믿는가 보다. 어이가 없다.

엄마 옆에서 식사 준비를 돕는다. 아니, 준비를 돕는 정도가 아니라 요리는 거의 내가 다 한다. 고기를 맛간장, 맛술, 꿀, 흑설탕에 재워 둔 것도 나고, 양파에 간장, 식초, 물, 매실을 넣고 장아찌를 담근 것도 나고, 살짝 데친 취나물을 국간장, 참기름에 오물조물 버무린 것도 나고, 깻잎과 새우를 맥주를 섞은 튀김옷 반죽에 넣은 후 뜨거운 기름에 튀기는 것도 나다. (반죽에 물 대신 맥주를 넣어야 바삭한 튀김을 먹을 수 있다.) 심지어 불고기를 굽는 사람도 나다. 엄마 말로는 장아찌도 내가 담가야 맛있고 고기도 내가 구워야 더 맛있다나. 내 혀로 느끼기에도 그게 사실이라 하는 수 없이 나는 주말마다 부엌 노예로 전락한다. 아빠는 거실 소파에 비스듬히 드러누워 텔레비전만 보고 있고 남동생은 휴대폰 게임을 하느라 바쁘다. 밥이 다 차려지자마자 엄마가 간드러진 목소리로 남동생을 부른다. 아빠와 남동생이 식탁에 앉고 나서야 나는 구석진 자리를 차지한다.

"우리 아들, 엄마가 아들 좋아하는 불고기 했으니까 많이 먹어."

엄마가 동생을 상냥하게 바라보며 말한다. 동생은 대꾸도 하지 않은 채 고개를 주억거린다.

엄마는 한 번도 나를 '우리 딸'이라고 부른 적이 없다. 항상 동생에게만 '우리'를 붙인다. 엄마보다 더 심한 건 엄마 휴대폰이다. 엄마 휴대폰 안에 동생 이름은 '우리아들♥'로 저장되어 있다. 나? 나는 그냥 '딸'이다.

설거지를 끝내고 방으로 들어가려는데 엄마가 내게 음식물로 꽉 차 터지기 일보 직전인 쓰레기봉투를 내민다.

"민희야, 이거 버리고 와."

불고기도 내가 볶았고 밑반찬도 내가 담았고 국도 내가 펐다. 설거지까지 혼자 했다. 쓰레기 정도는 남자들이 버려도 되는 거 아닌가? 하지만 나는 잠자코 쓰레기봉투를 받아 든다. 볼멘소리를 하지도, 반항을 하지도 않는다. 어떤 행동을 해도 어차피 달라지는 게 없다는 걸 알고 있으니까. 이 집에 내 편은 없으니까.

지난 설 연휴 때도 그랬다. 집으로 돌아오는 차 안에서 정말 오랜만에 엄마와 말다툼을 했는데 내 편은 없었다. 나는 어렸을 때부터 명절이 싫었다. 평소에 서로 말도 잘 섞지 않으면서 다정한 척하는 아빠의 모습도 꼴 보기 싫었고 입단속을 시키는 엄마의 매서운 눈초리도 짜증 났다. 동생과 나를 대놓고 차별하는 할머니의 말투도 거슬렸다. 무엇보다도 가장 견딜 수 없는 부분은 따로 있었다. 중학생이 되면서 살이 찌기 시작한 내 몸을 조롱하는 삼촌의 짜증 나는 말투와 여자인 나만 부엌 심부름을 하는데도 모두 모르는 척하는 상황이었다.

사촌 오빠들은 물론 나보다 어린 동생들까지 거실에 앉아 노는 걸 힐끗 보며 엄마, 작은엄마, 할머니, 작은할머니의 끝도 없는 시중을 들어야만 했다. 육체와 정신이 모두 지칠 수밖에 없었다. 그런 상태로 차에 탔는데 올라타자마자 엄마는 내게 잔소리를 퍼부었다.

"할머니가 공부 잘하냐고 물으면 그냥 네, 대답하면 될 것을. 어휴, 저 답답이."

"거짓말을 하라는 거예요?"

"그게 왜 거짓말이니? 눈치껏 행동하는 거지. 공부 못하는 게 무슨 자랑이라고."

"그래도 그건 아니죠."

"야, 너 그렇게 사회성 떨어지면 나중에 진짜 고생하는 수가 있어. 공부를 못하면 눈치라도 있어야지. 으휴, 속 터져."

가만히 있었으면 좋았을 텐데 아빠는 엄마 눈치를 실실 보며 한마디 덧붙였다.

"그래, 민희야. 엄마 말도 일리가 있네."

그렇게 말다툼이 흐지부지 끝난 뒤 차 안에 침묵이 흘렀다. 나는 지독히도 외로웠다. 그 기분을 어떻게 표현해야 좋을까. 너른 바다에 나 홀로 떠다니는 기분이었다. 둥둥 떠오르는 부표를 간신히 잡고 하염없이 떠내려가는 기분. 사방이 너무 푸르러 눈이 시린 바다에서 육지는커녕 그 어떤 움직임도 찾을 수 없는 기분.

전혀 화목하지 않으면서 화목한 척, 할머니나 할아버지를 사랑하지 않으면서 효자인 척, 공부 잘하는 자식도 없으면서 있는 척, 그렇게 척만 해 대는 엄마 아빠가 정말 없어 보였다. 그런 사람들이 내 부모라는 게 싫었다. 거짓말을 아무렇지 않게 하는 것도, 그걸로 모자라 나한테 거짓말을 강요하는 것도 이해할 수 없었다.

한번 깨진 신뢰는 잘 회복되지 않았다. 하지만 신뢰의 문제보다 더 절망적인 것은 엄마 아빠에게 나는 아무것도 아니라는 사실이었다. 누구도 나를 있는 그대로 바라봐 주지 않는다는 사실이었다. 심지어 나조차도 그랬다.

터덜터덜 음식물 쓰레기를 버리고는 아파트 단지를 나섰다. 집으로 돌아가고 싶지 않았다. 바람을 쐬고 싶어 세린공원 쪽으로 발걸음을 돌렸다. 횡단보도에 서서 신호를 기다리는데 절로 혼잣말이 튀어나왔다.

"나는 불고기보다는 제육볶음이 좋은데."

엄마는 아빠와 동생이 어떤 반찬을 좋아하고 싫어하는지 빠삭하게 알았지만 내가 어떤 반찬을 좋아하고 싫어하는지는 관심조차 없었다.

그런 우울한 생각을 하고 있는 내 앞에 어떤 장면이 펼쳐졌다. 함께 달리는 사람들이 시야에 쑥 들어왔다. 그들은 공원 입구를 빠른 속도로 지나치고 있었다. 단체로 맞춘 듯한 검정색 티셔츠를 입고 함께 으쌰으쌰 구호를 외치며 달렸다. 무리 끝에서 홀로 핫핑크 티셔츠를 입고 부지런히 달리고 있는 사람이 내 눈길을 사로잡았다. 그녀는 힘들지도 않는지 함박웃음을 머금고 달렸다. 땀을 뻘뻘 흘리면서도 세상을 다 가진 듯한 얼굴로 달리기에 몰두하고 있었다.

행복해 보이는 그 얼굴이 정지화면이 되어 내 눈앞에 어른거렸다. 저 무리에 속해 달린다면 나도 행복한 얼굴이 될 수 있을까? 근데 내가 저렇게 빠른 속도로 달릴 수 있을까? 평소 움직이는 걸 싫어하는 나에게 달리기는 전혀 어울리지 않았다. 통통하게 살이 오른 몸으로 달리는 일이 가능할 것 같지 않았다. 그런데 그녀의 미소가 종일 머릿속을 떠나지 않았다. 지금 와 생각해 보니 낯이 익었다. 설마 그 핫핑크 티셔츠가 첫날 페이스메이커를 해 준 그녀?

월요일 오전 10시. 그녀는 공원 정문에서 나를 기다리고 있었다. 가벼운 인사를 주고받자마자 그녀는 쪼그리고 앉아 운동화 끈을 조였다. 덩달아 나도 끈 상태를 확인했다. 다시 묶을 정도는 아닌 것 같아 일어섰더니 그녀가 끈을 다시 조이라고 말했다. 그러고는 팔과 어깨를 크게 돌렸다. 목으로 크게 원을 그린 뒤 발목을 번갈아 천천히 돌렸다.

"몸을 잘 풀어 주는 게 중요해."

그녀를 따라 목과 어깨, 팔목과 발목을 풀어 줬다.

"준비됐어?"

그녀의 물음에 가볍게 고개를 끄덕였다. 그녀는 제자리에서 점프를 가볍게 몇 번 하고는 마지막으로 손을 탈탈 털었다. 그러고는 크게 숨을 들이마시더니 경보 선수처럼 빨리 걸었다. 나는 사형장에 끌려가는 죄수처럼 무거운 몸을 이끌고 마지못해 그녀를 쫓아 걸었다.

얼마나 걸었을까. 어느 정도 몸이 후끈 달아오르자 그녀는 천천히 달리기 시작했다. 마르고 가벼운 몸이 통통거렸다. 언뜻 보기에도 산뜻한 그녀의 몸과 달리 내 몸은 킹콩처럼 둔하고 무거웠다. 돌덩어리를 발목에 달고 있는 것 같았다. 내 다리는 더뎠다. 달린다기보다는 걷는 것에 가까웠다. 갑자기 그녀가 뒤를 돌더니 내 쪽으로 성큼 다가왔다.

"척추를 곧게 펴 봐. 가슴을 활짝 편다는 느낌으로. 그래야 곧은 자세가 나와."

그녀가 내 등을 손바닥으로 쭉 밀면서 말했다.

"이렇게요?"

"더 당당한 느낌으로."

이렇게 가슴을 펴 보는 건 정말 오랜만이었다. 그녀가 호탕하게 오케이, 하고 덧붙이고는 다시 자세를 잡았다.

"힘들면 걸어도 돼. 중요한 건 멈추지 않는 거야."

명언 같은 말을 남기고 그녀는 윙크를 날렸다. 웬 윙크. 혼자 속으로 비웃으며 다시 움직였다. 그녀는 쏜살같이 빠른 속도로 죽 나아갔다. 그녀와 나와의 거리는 점점 벌어졌다.

뒤도 돌아보지 않고 달리는 그 무심한 등은 이렇게 말하는 것 같았다. 너를 믿노라고. 더뎌도 좋으니 오기만 하라고. 어디에서든 너를 기다리겠노라고. 걷다가 뛰다가를 반복했다. 제자리뛰기를 하고 있다는 착각이 들 정도로 속도가 나지 않았지만 신기하게도 제자리에 머물고 있지는 않았다. 정말 더디지만 앞으로 나아가고 있기는 했다.

호흡이 조금씩 빨라졌다. 숨을 들이쉬고 내쉬었다. 선명한 숨소리 뒤로 심장 뛰는 소리가 들렸다. 쿵, 쿵, 쿵, 쿵. 지금 열심히 펌프질을 하고 있으니 걱정하지 말고 마음껏 뛰라고 말하는 듯했다. 가빠지는 호흡만큼 몸이 힘들다는 신호를 보냈다. 숨을 헥헥댔고 허벅지 전체가 당겼다. 땀이 비 오듯 쏟아졌다. 그런데도 나는 한 가지만 생각했다. 그녀의 등이 눈앞에서 사라지지 않도록 하자. 첫날부터 약한 모습을 보일 수는 없다.

와, 미친. 정말 욕이 튀어나올 정도로 힘들었다. 공원의 풍경 같은 건 눈에 들어오지 않았다. 오로지 그녀의 등만 바라보며 무거운 몸을 이끌고 나갔다. 내 몸에 집채만 한 코끼리가 매달려 있는 느낌이었다.

달리기는 힘든 일이니까 달리면 잡다한 생각이 다 사라질 거라고 생각했다. 내 예상을 비웃듯 생각이 자꾸 떠올랐고 그 생각 틈에서 어떤 기억이 삐져나왔다. 머릿속에 들어 있는 줄도 몰랐던 기억 하나가 서서히 몸집을 키워 갔다.

나는 어린아이였던 것 같다. 젊어 보이는 엄마와 아빠가 싸웠다. 무슨 일 때문에 싸웠는지는 모르겠다. 엄마가 매서운 목소리로 아빠를 공격했고 아빠가 불같이 화를 냈다. 아빠가 전화기를 던졌고 내가 비명을 질렀다. 기억은 여기에서 뚝 끊겼다.

땅을 디디던 발걸음이 몇 배로 무거워졌다. 온몸에서 힘이 쭉 빠졌다. 나는 서서히 멈춰 섰다. 그녀의 등이 점점 멀어져 작은 점이 되었지만 어쩔 수 없었다. 더는 달릴 수 없었다. 여기까지가 최선이었다. 그녀는 보이지 않았고 나는 다시 혼자였다. 길을 잃은 아이처럼 오도카니 서서 주변을 두리번거렸다.

펄떡대던 심장이 점점 제 속도를 되찾았다. 호흡이 안정되자마자 딸꾹질이 나왔다. 한번 시작된 딸꾹질은 멈출 줄 모르고 집요하게 이어졌다. 길고 고통스러운 딸꾹질이 뚝 멈췄을 때 그녀가 탁 튀어나왔다. 그녀는 가뿐히 달려 내 앞에 나타났다.

"오늘은 여기까지만 할까?"

나는 대답 대신 고개를 작게 끄덕였다.

"돌아가자."

그녀가 앞장섰다. 나를 배려하는 건지 이번에는 느린 속도로 뛰었다. 나는 더는 뛸 수 없어 하는 수 없이 걸었다. 우리는 나란히 횡단보도 앞에 섰다. 신호를 기다리며 그녀는 마무리 스트레칭을 했다. 신호를 기다리던 사람들이 큰 동작으로 스트레칭하는 모습을 힐끔거렸지만 그녀는 신경 쓰지 않았다.

단 하루라도 좋으니 그녀처럼 가볍고 재바른 몸으로 살아 보고 싶다. 저렇게 멋진 몸으로 살 수 있다면 다른 사람의 시선 따위는 가볍게 무시할 수 있을까? 가족이 지금보다 나를 덜 무시할까?

나 홀로 집에

1년 전 부모님은 담담하게 나를 입양한 과정을 이야기했다. 그랬다. 도무지 믿을 수 없는 사실이었지만 나는 입양아였다.

좀 놀랐다. 솔직히 많이 놀랐다. 내가 입양되었을 거라고 생각해 본 적은 단 한 번도 없었으니까. 나를 향한 부모님의 사랑은 늘 차고 넘쳤다.

"오빠는?"

이게 내 첫 질문이었다.

"준휘는 엄마가 낳았어."

오빠는 엄마 아빠 자식이 맞구나. 부럽다.

"또 궁금한 거 있니?"

엄마가 상냥하게 물었다. 내 안색을 살피는 엄마의 눈동자에 걱정이 잔뜩 끼어 있었다.

"없어. 생기면 물어볼게."

나는 아무렇지 않은 척 대답했다. 스스로 생각해도 아주 담담한 목소리였다.

"그래 줄래?"

아빠가 주먹을 내밀었다. 나는 평소처럼 쿨한 표정을 지으며 주먹을 맞부딪쳤다. 그 표정을 유지한 채 내 방으로 들어왔다. 침대에 엎어지는데 심장이 두근거렸다. 궁금한 게 없다는 말은 거짓말이었다. 실은 궁금한 게 많았다. 너무 많아서 팝콘처럼 펑 터지기 일보 직전이었다.

첫째, 오빠를 낳았다면 엄마는 출산을 할 수 있다는 건데 왜 나를 입양했을까? 둘째, 왜 이 이야기를 지금 이 타이밍에 하는 걸까? 더 어렸을 때 알려 줄 순 없었나? 셋째, 그렇다면 내게 유전자를 물려준 친부모는 누구인가? 나를 배 속에 품고 열 달 동안 키워 준 친엄마는 어디에 있는가? 친부모에 대한 정보를 엄마와 아빠는 알고 있나? 넷째, 엄마 아빠에게 내가 친자식인 오빠만큼 소중할까? 아무리 키운 정이 중요하다고 해도 친자식과 입양한 자식은 좀 다르지 않을까?

며칠 고민을 하다가 결심했다. 엄마 아빠에게 아무것도 묻지 않기로. 친부모에 대해 궁금해하지 않기로. 친부모에 대해 구체적인 정보를 묻거나 나의 뿌리 운운하며 친엄마를 찾아다니지 않기로. 나는 부모님에게 과분할 정도의 사랑을 받았고 지금도 받고 있다. 엄마와 아빠에게 친부모 문제로 어떤 부담도 주고 싶지 않았다. 나는 입양 사실을 알기 전과 완벽하게 똑같은 서하빈으로 살고 싶었다.

하지만 굳은 결심과 달리 마음 한구석에 커다란 궁금증이 단단히 자리 잡았다. 내 친부모는 누구일까? 지금 어디에서 무얼 하고 있을까? 살아 있기는 할까? 어떤 사람들이고 어떻게 생겼을까?

할머니 댁에 가기 위해 서울역에 갔을 때도 질문은 멈추지 않았다. 역 근처는 노숙자들로 가득했다. 초여름인데도 두꺼운 옷을 입은 채 신문지 위에 드러누운 남자. 새카만 얼굴로 자리를 찾다가 계단참에 앉아 꾸벅꾸벅 조는 남자. 전 재산인 듯 보이는 무거운 가방을 한쪽 어깨에 둘러멘 채 느릿느릿 걸어가는 남자. 이들 중 한 사람이 친아빠라면?

가족과 식당에 갈 때도 나는 일하는 사람들을 기웃거리기 바빴다. 정수기에 물을 받으러 가는 척하며 주방 안쪽을 훔쳐보기도 했다. 재빠르게 식탁을 정리하는 여자. 주문을 잘못 받았다고 사장에게 혼이 나는 여자. 앞치마를 두르고 분주하게 움직이는 주방장으로 보이는 여자. 이들 중 한 사람이 친엄마라면?

물음이 꼬리에 꼬리를 물고 이어졌다. 길을 걸을 때마다 사람들을 유심히 살펴보는 버릇이 생겼다. 나와 눈매가 비슷하거나 콧대가 닮거나 입술이 똑같은 사람들은 전부 친부모로 보였다. 17년 전 아이를 낳을 수 있는, 엄마 아빠와 비슷한 연배의 사람들에게 저절로 눈이 갔다. 능숙한 솜씨로 불판을 갈아 주는 아저씨가, 호탕하게 주문을 받는 아주머니가, 공원에서 아이와 연을 날리고 있는 자상한 아저씨가, 마트에서 아이를 카트에 태우고 장을 보는 저 아주머니가, 길을 걷다가 내 어깨를 스쳐 지나가는 아저씨가, 횡단보호 건너편에 서서 휴대폰을 물끄러미 바라보는 아주머니가 나를 낳고 미련 없이 버린 사람일 수 있었다.

그들에게는 무슨 사연이 있었던 걸까. 왜 아이를 버렸을까. 마땅히 사랑으로 기르고 끝까지 책임져야 하는 자식을 어째서 포기했을까.

가슴이 답답했다. 엄마 아빠 몰래 친부모의 흔적을 찾는 스스로가 못마땅했다. 친부모를 찾는다고, 얼굴을 직접 확인한다고 달라질 게 없다는 것을 잘 알면서도 집착을 버리지 못하는 미련한 내가 싫었다. 그런데도 집착은 쉽게 사라지지 않았다.

가족에게 말할 수 없는 비밀이 생겼다. 고민을 나누고 문제를 털어놓고 싶었지만 마땅한 상대가 없었다. 가족에게도 친구에게도 말할 수 없었다. 가까운 친구들에게 내가 입양아라는 사실을 밝히지 못했다. 누구에게도 친부모가 궁금하다고 말할 수 없었다.

체기를 느낄 만큼 마음이 답답하면 공원을 달렸다. 운동화 끈을 조이고 가볍게 스트레칭을 한 뒤 천천히 달려 나갔다. 귀에 이어폰을 꽂고 신나는 댄스음악을 재생시키는 것도 잊지 않았다.

처음에는 몸이 한없이 무겁고 커다란 배낭을 메고 뛰는 것처럼 속도가 나지 않는다. 그렇지만 포기하지 않고 계속 달린다. 걷지 않으려고 애쓴다. 거북이처럼 느린 속도지만 괜찮다. 조금 시간이 지나면 다리는 달리는 데 제법 익숙해진다. 속도가 붙고 심장이 쿵쾅거리는 소리가 귓가에 규칙적으로 울려 퍼진다.

천천히 숨을 들이쉬고 내뱉는다. 공기는 부드럽게 코와 입으로 들어왔다가 자연스럽게 흘러 나간다. 팔을 거침없이 흔들고 다리를 부지런히 놀리면 바람에 올라탄 듯 속력이 붙는다. 그러고 나면 내게는 숨소리만 남는다. 끊임없이 떠오르던 생각이 거짓말처럼 사라진다. 무념무상 상태에서 숨소리에만 집중한다. 사사로운 것들이 모두 사라지고 몸에 흐르는 땀과 숨소리만 내 곁에 남는 시간. 강박과 중요하지 않은 생각으로부터 탈출하는 시간. 오롯이 나 자신이 되는 시간. 나는 앞으로 나아가고 있었고 그 실감이 순식간에 온몸에 퍼졌다. 뿌듯했다.

밖이 소란스럽다. 오빠가 들어온 모양이다. 잠시 뒤 문을 두드리는 소리가 들리고 오빠가 들어왔다.

"대통령보다 더 바쁘신 서하빈 씨. 웬일로 집에 다 계십니까?"

능글맞은 말투에 피식 웃음이 나왔지만 일부러 새치름한 표정을 지었다.

"공부도 해야지. 대한민국 고딩인데."

"흠, 아무리 봐도 이건 공부는 아닌 것 같은데?"

오빠가 책상 모서리에 기대며 내 글씨를 들여다봤다. 나는 빈 종이에 버킷 리스트를 쓰는 중이었다.

"이거 좋다, 울트라 마라톤. 나중에 같이하자."

"10킬로도 못 뛰면서 무슨."

"연습하면 되지."

"어느 세월에."

"오빠 아직 한창이다. 훨훨 날아다닌다고."

오빠가 장딴지를 세게 내려치고는 멋쩍은지 흐흐흐 웃었다. 나도 덩달아 웃음이 터져 버렸다.

여섯 살 위인 오빠는 내게 창이다. 나는 오빠를 통해 세상을 배우고 들여다본다. 궁금한 게 생기면 가장 먼저 오빠를 찾는다. 오빠가 세상을 사랑하는 방식, 사람에게 다가가는 방식은 늘 흥미롭다. 내 호기심을 자극한다. 오빠의 품은 널찍하고 넉넉하다. 그런 오빠가 좋으면서도 가끔은 버거웠다. 엄마 아빠의 친자식인 오빠가 부러우면서 밉다.

"커피 사 줄까?"

오빠가 내 침대에 살짝 걸터앉으며 물었다.

"뭐 하러. 집에 커피믹스 있는데."

"으휴, 짠순이. 오빠가 쏠 때 얻어먹지. 쿠폰 있다니까."

"그래?"

내가 솔깃해하자 오빠가 맑게 웃었다. 휴대폰을 주머니에 넣고 집을 나섰다. 조금 걸었을 뿐인데 땀에 흠뻑 젖었다. 에어컨의 냉기와 차가운 커피가 간절했다. 날씨가 자꾸 더워지면 그만큼 에어컨을 많이 켜게 되고 열섬현상으로 도시는 더 더워지고……. 악순환이 눈에 훤히 보였다.

"알바는 어때?"

내가 대뜸 물었다. 오빠는 덥지도 않은지 여전히 미소를 머금고 있었다.

"좋아. 돈 버는 것도 좋고."

"돈 버는 게 좋아?"

"싫을 건 없지."

"돈이 뭔데?"

내 주특기다. 뜬금없이 묻는 거. 그런 나 때문에 오빠의 주특기는 맥락 없이 튀어나오는 어떤 질문에도 상냥하게 답을 찾아 주는 것이 되어 버렸다.

"어려운 질문인데."

오빠답지 않게 한참 뜸을 들였다.

"일을 했다는 실감? 아니면 실체 같은 거 아닐까?"

오빠 말이 선뜻 이해되지 않아 나는 걸음을 늦추었다.

"열심히 일한 걸 돈으로 확인받는 거잖아. 돈이라는 게 원래 실체가 없는 건데 그걸 통해 내 노력이나 시간을 보상받으니까 이상하게도 실체가 있는 놈처럼 느껴져. 내가 쏟아부은 걸 확인받는 실감 같다고나 할까. 용돈을 타 쓰는 거랑 느낌이 완전 달라."

오빠가 던진 말이 이해될 것 같기도 하면서 어렵게 느껴지기도 했다. 아직 돈을 벌어 본 경험이 없어서 쉽게 와닿지 않는 게 아닐까 싶었다.

오빠는 99년생이다. 초등학교 때 신종플루, 중학교 때 세월호, 고등학교 때 메르스를 겪었다. 대박 사건은 수능 연기였다. 수능을 앞두고 포항에서 지진이 발생했다. 진도 5.4 지진의 여파는 서울까지 미세하게 전달될 정도였다.

"그때 억울하지 않았어?"

"언제?"

"수능 연기됐을 때."

"별로. 억울할 게 뭐 있어."

"수능 날에 맞춰 컨디션 조절 다 했을 거 아니야. 근데 느닷없이 미뤄진 거잖아. 달리기 전에 스트레칭 다 해 두고 이제 출발 신호만 기다리고 있는데 갑자기 다음 주로 경기가 미뤄진 거잖아."

나라면 억울했을 거다. 마가 낀 것처럼 왜 이렇게 방해꾼이 많은 거냐며 툴툴거렸을 거다. 아홉수가 낀 해에 태어나게 한 부모를 원망했을지도 모른다.

"포항 애들은 어땠겠어. 컨디션 조절 다 해 뒀는데 지진이 난 거 아냐. 걔들은 완전 멘붕이었을 거야, 안 그래?"

고개를 작게 까닥거렸다. 무섭게 울부짖는 매미 소리가 고막을 찔렀다. 오빠는 이마에 맺힌 땀을 손등으로 닦고 발을 단단히 디뎠다.

"요즘도 마포대교 나가?"

"응."

"힘들진 않고?"

"힘든 거 알면서 시작한 건데, 뭐."

금요일 밤마다 나는 마포대교를 지킨다. 지킨다는 표현이 우습지만 사실이다. 매일 상처받고 있는 마포대교도 지키고 투신하려는 사람들도 지키려고 시작한 일이다. 잠깐만 대교의 처지가 되어 보면 금방 알 수 있다. 대교가 그동안 얼마나 많은 비극을 직접 목도했는지, 얼마나 많은 슬픔을 참고 있는지를. 한강에는 스무 개가 넘는

다리가 있다. 1년 동안 400명에 가까운 사람들이 한강에서 투신을 시도했다. 하루에 한 명꼴로 뛰어내리는 셈이다. 그중에서도 마포 대교에 오르는 사람이 가장 많았다.

"힘들면 그만둬도 돼, 알지?"

오빠가 부드러운 말투로 말했다. 마치 나를 어르고 달래는 듯한 말투였다. 나는 대꾸하지 않고 그저 묵묵히 걸었다. 이 일을 시작하게 된 건 오빠 때문이다. 오빠가 대학에 들어가자마자 봉사 동아리를 들어가는 바람에 못 하게 된 일을 내가 묻지도 따지지도 않고 하겠다고 나섰다. 오빠는 입시를 준비하는 바쁜 기간에도 일주일에 한 번은 꼭 대교에 나가 생명의 전화가 잘 작동하는지, 모진 마음을 먹고 대교를 오르는 사람은 없는지 살폈다.

"하여튼 고마워."

오빠는 큰 신세를 진 사람처럼 수줍게 말했다. 한동안 대화가 끊겼다. 우리는 땀 때문에 몸에 들러붙은 셔츠를 손으로 떼어 내며 조용히 길을 걸었다. 나는 비슷한 속도로 걷고 있는 오빠의 기척을 느끼며 생각에 잠겼다.

오빠가 몹시 부러웠다. 오빠 안에 가득 담긴 긍정과 사랑이 부러웠고, 여유와 미소가 부러웠고, 엄마 아빠의 친자식이라는 사실이 부러웠다. 오빠를 닮고 싶다. 이렇게 계속 마주 보며 이야기를 나누고 뒷모습을 따라가다 보면 언젠가는 오빠와 비슷해질 수 있지 않을까. 좀 더 애쓰다 보면 오빠처럼 멋진 사람이 될 수 있지 않을까. 그렇게 되면 부모님에게 어울리는 딸이 될 수 있지 않을까.

오빠와 나란히 걸어가며 나는 속으로 빌었다. 오빠처럼 부드럽고 긍정적인 사람이 되게 해 달라고 기도했다. 소원이 끝나 갈 즈음에 단골 카페 간판이 보이기 시작했다.

집이 텅 비었다. 거실 소파에 홀로 앉아 벽에 걸린 가족사진을 뚫어져라 바라봤다. 자주 웃어 눈가에 자글자글 주름이 잡힌 아빠. 티 하나 없이 환하게 웃고 있는 엄마. 금방이라도 백만 불짜리 미소를 날릴 듯한데 애써 꾹꾹 누르고 담담한 표정을 짓고 있는 오빠. 그리고 엄마 옆에 서서 멍청하게 입꼬리를 올리고 있는 내가 있다. 자신이 그들의 진짜 가족이라고 철석같이 믿고 있는 나. 단 한 번도 그들 말고 다른 가족이 있을 거라고 상상한 적 없는 나. 자신이 입양아일 거라고 꿈도 꿔 본 적 없는 나.

천천히 가족사진에 다가갔다. 피로 단단히 연결된 세 사람. 그리고 그들과 피 한 방울 섞이지 않은 나의 어설픈 미소. 진실을 모른 채 짓고 있는 미소가 보기 싫었다. 아무것도 모르고 웃고 있는 나를 사진에서 잘라 내고 싶었다.

어렸을 때 잠깐 피아노를 배운 적이 있었다. 계란을 품은 것처럼 손을 말아 건반에 올렸다. 박자를 세는 선생님의 목소리 따라, 악

보에 물결치듯 흘러가는 음표 따라 열 손가락은 제각기 따로 건반에 닿자마자 부드럽게 떨어졌다. 손가락을 잠시도 쉬지 않고 부지런히 움직일수록 곡은 아름다워졌다. 손가락들은 뿌리가 같고 서로 곁에 있었지만 잠시도 같은 속도로 움직일 수 없었다.

아름다운 곡을 피아노로 연주하는 것은 손가락들에게는 외로운 일이 아닐까. 아름답고 빛이 난다는 것은 그렇게 고독한 일인 것일까. 그렇다면 아름다워지고 싶지 않다. 빛이 나는 사람이 되고 싶지도 않다. 그저 사랑하는 가족과 함께이고 싶다. 평생 가족이라 믿었던 이 사람들과 같은 뿌리를 갖고 싶다.

구질구질한 생각을 떨쳐 내려면 사람을 만나는 게 최고다. 설이 언니에게 톡을 보냈다. 설이 언니가 지금 하나 언니와 같이 있다면서 나오란다. 옷을 대강 걸쳐 입고 언니들이 있는 식당으로 달려갔다.

역시나 오늘도 언니들은 타코 삼매경에 빠져 있다. 설이 언니는 치킨타코를, 하나 언니는 비프타코를 사랑한다. 숨을 헐떡이는 나를 보고 언니들이 뭐 먹겠느냐고 물어본다. 나는 새우타코를 주문하고는 멋쩍게 웃었다. 매번 언니들에게 얻어먹을 수는 없으니 오늘은 꼭 내가 계산을 해야겠다고 생각하고 있는데 익숙한 얼굴이 쑥 가게 안으로 들어왔다. 어라? 저게 누구야.

"멘티님!"

우렁찬 내 목소리를 듣고 파랑이가 우리 쪽으로 고개를 돌렸다. 나와 언니들에게 고개 숙여 인사를 하고는 쭈뼛쭈뼛 어쩔 줄 몰라 했다.

"아, 지난주에 새로 온 회원이구나. 맞지?"

하나 언니 말에 내가 그렇다고 얼른 대꾸했다.

"타코 먹으러 왔어? 이쪽으로 와. 우리가 사 줄게."

설이 언니가 건넨 손짓에 파랑이는 잠시 망설이다가 어쩔 수 없이 끌려가는 사람처럼 우리가 앉아 있는 테이블로 걸어왔다. 내가 파랑이에게 어떤 걸 먹을지 물어보려는데 언니들이 먼저 파랑이를 에워싸며 질문을 퍼부었다.

"근데 왜 하빈이가 널 멘티라고 불러?"

"아, 그게……."

"내가 맞혀 볼게. 음, 너도 휴학을 계획 중이구나?"

"네? 그건 아닌데……."

으휴, 정말 못 말려. 파랑이가 대답할 시간도 주지 않고 계속 질문을 퍼붓는 설이 언니를 강단 있게 제지시켰다.

"제가 저 친구 달리기 멘토입니다."

내가 들어도 씩씩한 목소리에 하나 언니는 찡긋 눈웃음을 지으며 말했다.

"아, 그렇게 된 거구나."

그새를 못 참고 설이 언니가 또 질문을 했다.

"말 놓아도 되죠? 우리가 겉보기엔 동안인데 얘보다 나이가 많거든."

설이 언니가 나를 손가락으로 콕 집어 가리켰다. 헐, 그 말은 내가 노안이라는 말? 기막혀. 게다가 아까부터 말을 놓고 있었으면서 뒷북이다. 가뜩이나 어리바리한 파랑이는 산만한 설이 언니 때문에 정신이 하나도 없는 눈치다.

"이름 물어봐도 돼?"

"민희예요."

"이름 예쁘다."

이번에는 하나 언니가 끼어들었다.

"뭐 먹을래요?"

"너도 말 놓아야지."

"싫은데?"

하나 언니와 설이 언니의 입씨름이 이어졌다. 고개를 절레절레 젓다가 파랑이 팔을 슬쩍 쳤다. 그걸 신호로 파랑이와 나는 동시에 일어났다. 함께 메뉴를 주문한 뒤 나는 은밀히 타코값을 계산했다. 용돈의 상당 부분을 써야 하는 큰 출혈이었지만 더는 언니들에게 얻어먹을 수 없었다.

파랑이는 정말 얌전히 앉아 언니들과 내가 나누는 수다를 잠자코 들었다. 이 자리가 파랑이에게 좀 부담스럽겠다는 생각이 퍼뜩 들었다. 괜히 알은척했나?

첫 달리기 과외를 할 때도 느꼈지만 파랑이는 말이 별로 없다. 사람과 친해지는 데 시간이 많이 걸리는 타입 같다. 가만히 있으면 좀 의기소침해 보이고, 행동이 느린 편이라 굼떠 보이기도 하다. 그래서인지 자꾸 마음이 쓰인다. 하나라도 더 챙겨 주고 싶다. 천천히 눈을 끔벅이며 언니들과 내가 주고받는 말을 열심히 듣고 있는 저 모습. 귀엽고 사랑스럽다.

그런데 주문한 음식이 나오자 파랑이는 달라진다. 경건한 자세로 음식을 보면서 물티슈로 손을 깨끗이 닦는다. 잘게 썰린 고수를 살뜰히 챙긴다. 능숙한 솜씨로 타코를 야무지게 감싸 쥐더니 재빨리 한 입 베어 문다. 놀랍게도 내용물이 밖으로 전혀 흐르지 않는다. 그러더니 바삭하게 튀겨진 나초를 살사소스에 푹 찍어 잽싸게 입에 집어넣는다. 꼼꼼히 씹다가 이번에는 감자튀김을 음미한다. 마치 식당 안에 파랑이와 음식만이 존재하는 듯하다. 일련의 과정은 물 흐르듯 자연스러우면서 질서 정연하다. 달리기를 할 때 괴로워하던 파랑이가 아니다. 영 딴판이다. 아, 파랑이는 먹는 걸 사랑하는구나. 먹을 때만큼은 온전히 음식에만 집중하는구나.

파랑이가 타코를 다 먹을 때쯤 나는 손을 번쩍 들었다.

"저 소원이 하나 있습니다."

"뭔데?"

설이 언니가 시큰둥하게 반응했다.

"우리 놀이공원 가요."

하나 언니가 다급하게 손으로 입을 꽉 틀어막았다. 하마터면 입 안에 있던 스프라이트를 내뿜을 뻔한 모양이었다. 언니는 엄청난 자제력으로 스프라이트를 삼킨 뒤 입을 열었다.

"하빈아, 우리가 몇 살인 줄 알지?"

"아니, 놀이공원 가는 거랑 나이가 무슨 상관이냐고요."

"남자 친구랑 가."

설이 언니가 눈을 흘기며 새치름하게 말했다.

"언니, 지금 남자 친구 있다고 자랑하는 거예요? 아니면 남자 친구 없는 저를 멸시하시는 거예요?"

나는 냅킨으로 눈가를 꾹 누르며 우는 척했다. 내 진상 짓이 생경했는지 파랑이는 커다란 눈으로 나를 봤다. 우는 척을 하다가 씩 웃으며 바라보는데도 파랑이는 여전히 어벙한 얼굴이었다.

"우리가 너처럼 한가한 줄 알아?"

"저도 나름 바쁩니다."

"바쁘긴 뭐가 바빠, 휴학생이."

언니들이 많이 바쁘다는 건 알고 있다. 알바도 해야 하지, 입사원서도 써야 하지, 면접 대비 스터디도 해야 하지, 피부과도 다녀야 하지, 남자 친구와 데이트도 해야 하지……. 그렇지만 언니들이 취직하거나 더 바빠지기 전에 작은 추억 하나라도 더 쌓고 싶었다.

"같이 갈래?"

투덜거리는 언니들을 무시하고 파랑이에게 물었다. 파랑이는 조금 머뭇머뭇하더니 이내 눈을 다시 씀벅였다.

"네."

뜻밖의 대답을 듣고 언니들은 어쩔 수 없다는 듯 허탈하게 웃었다. 그렇게 놀이공원 약속이 파랑이 덕분에 성사되었다.

"민희 씨, 다음 달리기 모임 때 꼭 나와요."

하나 언니가 다정한 목소리로 말했다. 언니의 그윽한 눈길을 마주 보던 파랑이가 비장하게 고개를 한번 끄덕였다. 하나 언니의 그윽한 눈길과 다정한 목소리는 자주 볼 수 없는 건데. 동영상으로 찍어 두어야 할 만큼 희귀한 레어템인데. 그런 생각을 하고 있는데 파랑이가 쭈뼛거리며 일어났다.

"저 먼저 가 볼게요."

"그래요."

하나 언니와 설이 언니가 손을 흔들자 파랑이는 면접 시험장을 벗어나는 사람처럼 허리를 직각으로 구부려 인사했다. 나는 파랑이를 배웅하려고 식당 밖까지 따라나섰다.

"우리 아무래도 보통 인연이 아닌 것 같지? 마포대교에서도 그렇고 오늘도 그렇고. 자꾸 만나잖아."

"그러게요."

"하여튼 오늘 또 봐서 반가웠어. 내일 10시에 보자, 오케이?"

파랑이가 작은 목소리로 "네" 하고 대답하고는 멀어져 갔다. 어깨 좀 펴고 걷지. 등도 좀 꼿꼿하게 세우고. 잘못을 저지른 죄인처럼 몸을 한껏 웅크리고 걸어가는 뒷모습을 멍하니 바라봤다. 파랑이가 모퉁이를 돌아 완전히 사라졌을 때 이슥한 밤하늘을 응시했다. 고개를 한껏 뒤로 젖혀 달을 바라봤다. 흐릿한 달무리 사이로 달이 노랗게 떠 있었다. 한낮의 열기가 다 식지 않았지만 햇살이 없어서 덜 더웠다. 내일도 오늘처럼 공기가 맑기를 바라며 언니들이 수다를 떨고 있는 식당 안으로 다시 들어갔다.

일몰 사냥꾼

민희

둘째 날은 첫날보다 더 힘들었다. 어제 오랜만에 근육을 써서 그런지 종아리 전체가 당겼다. 계단을 내려가거나 내리막길을 만나면 절뚝거려야 할 정도였다.

공원 건너편에서 신호를 기다리는 동안 그녀가 팔과 어깨를 크게 돌리기 시작했다. 스트레칭으로 풀어 주면 덜 아플까 싶어 나도 팔과 목을 조금씩 돌렸다.

"오늘 가는 코스에는 노면이 갈라진 곳이 있어. 주의하면서 뛰어야 해."

그녀가 손목을 가볍게 털면서 말했다.

"위험하면 어제 갔던 길로 갈까요?"

내 물음에 그녀가 눈을 찡긋했다.

"매번 같은 길로 달리면 지루하잖아."

지루하지 않은데요? 그렇게 말하고 싶지만 참았다. 하지 못한 말이 마음속 항아리에 적립된다. 이렇게 참다가 또 갑자기 폭발하겠지. 참고 또 참다가 한꺼번에 분노를 폭발시켜 내 안의 헐크를 꺼내겠지. 언젠가는 고치고 싶은 나의 가장 큰 단점이지만 아무래도 힘들 것 같다. 참는 것이 더 쉽고 편할 때가 많으니까. 잠깐 참고 말아 버리면 문제가 복잡해지지 않는다는 걸 본능적으로 알고 있으니까. 뭐든 복잡한 건 딱 질색이다.

그사이 신호가 바뀌었다. 그녀는 어제처럼 제자리에서 몇 번 폴짝 뛰고는 힘차게 달려 나갔다. 나는 한숨을 푹푹 내쉬며 뒤를 쫓았다.

공원 입구에서부터 어제와 다른 길로 들어섰다. 어제 달린 길을 전부 달리지도 못했지만 한눈에도 오늘 가는 길이 더 난이도가 높다는 걸 알 수 있었다. 첫 오르막부터 문제였다. 오르막을 오르려 하자 대번 다리가 무거워졌다. 안간힘을 다해도 속도가 붙지 않았다. 달리는 걸 포기하고 그냥 걸었다. 다행히 내리막길에서 속도가 붙어 걸음이 빨라졌지만 여전히 종아리가 쑤시고 당겼다. 고통을 참고 속도를 냈다. 한번 붙은 속도 덕분에 내리막길을 내려온 뒤에는 금방 원래의 속도를 되찾았다.

앞만 보고 힘껏 달리는 그녀와 오늘도 멀찍이 떨어진 상태였지만 부지런히 발을 놀렸다. 어제처럼 맥없이 포기하고 싶지 않았다. 그렇게 달리고 있으니 문득 음악이 듣고 싶어졌다. 빠른 비트의 댄스음악을 틀고 리듬에 몸을 맡기면 더 쉽게 달릴 수 있지 않을까.

고개를 살짝 들어 올렸다. 파란 하늘에 뭉게뭉게 피어나는 하얀 구름이 보였다. 둥둥 떠다니는 구름처럼 또다시 잡다한 생각이 몰려들었다.

시영이가 생각 났다. 유일한 단짝이지만 내가 미워할 수밖에 없는 친구. 그날 일을 잊을 수가 없다. 수학여행을 위해 큰마음 먹고 치마를 샀다. 교복을 벗을 수 있는 날이 얼마 되지 않으니 애들 모두 용돈을 탈탈 털어 옷을 샀다고 했다. 학교 건너편 길가에 정차 중인 버스로 향하다가 시영이를 만났다. 우리는 서로를 발견하자마자 멈칫했다. 시영이와 나는 같은 치마를 입고 있었다.

"와, 너네 커플이네."

"단짝인 티를 뭐 이런 날까지."

반 아이들이 지나가면서 한마디씩 거들었다. 그러다가 껄렁대는 남자애한테서 날아온 말은 내 심장에 콱 박혔다.

"같은 옷 맞냐? 역시 패션의 완성은 몸이구나."

"야, 너 무슨 말을 그렇게 해? 그거 성희롱일 수 있는 거 몰라?"

"아, 네네. 죄송합니다. 요즘엔 여자애들 무서워서 무슨 말을 못한다."

시영이는 내게 팔짱을 끼면서 다정하게 속삭였다. 저런 말은 신경 쓸 가치도 없다고. 그냥 무시하는 게 최고라고. 하지만 내가 보기에도 다른 치마였다. 분명 디자인도, 색감도 같은 치마였지만 내가 입고 있는 치마는 시영이의 가느다란 다리 위에 나풀거리는 치마와 너무 달라 보였다.

잘 알고 있다. 시영이가 나를 위해 가만히 있지 않고 나서 줬다는 것을. 그 타이밍에 마땅히 해야 할 말을 해 줬다는 것을. 그렇지만 하나도 고맙지 않았다. 오히려 시영이가 얄미웠다. 그냥 가만히 있지. 자기가 그 상황에서 나서면 내가 뭐가 돼. 내 처지는 하나도 생각하지 않은 거야. 하긴 반 아이들 중에서도 몸이 가장 마른 시영이었다. 그런 몸으로 평생을 살았는데 어떻게 내 마음을 이해할 수 있겠어.

시영이를 미워하는 일은 점점 나를 갉아먹었다. 나를 아껴 주는 단짝을 미워한다는 죄책감이 마음을 무겁게 짓눌렀다. 그리고 매사 심사가 뒤틀려 있는 나 자신이 못마땅했다. 나는 조금씩 지쳐 갔다. 별것도 아닌 일에 불퉁대다가 시영이한테 버럭 짜증을 내기 일쑤였다. 그러다가 미안하다고 사과를 하고, 시영이가 괜찮다고 대답하면 또 화가 나고……. 악순환이 반복됐다.

숨소리가 거칠어졌다. 빠르게 숨을 들이쉬고 내쉬었다. 심장이 터질 것 같았다. 더는 못 해. 나는 그대로 멈춰 서서 고개를 절레절레 흔들었다. 왜 달리기만 하면 온갖 생각이 바글바글 몰려오는 걸까. 아무 생각도 떠오르지 않았으면 좋겠다. 저 푸르른 하늘처럼 뇌가 텅 비어 버렸으면 좋겠다.

내가 섰다는 것을 어떻게 알았는지 앞만 보고 달리던 그녀가 돌연 속도를 늦추고 뒤돌아봤다.

"그래도 오늘은 어제보다 한결 잘 달리네."

그녀가 내 쪽으로 걸어오며 말했다. 기특하다는 말투에 손발이 좀 오글거렸다. 나와 있을 때는 하나 언니 또래로 생각될 만큼 의젓한데 언니들과 있을 때의 그녀는 영락없는 고딩이었다. 아니, 내 또래 같았다.

땀이 송골송골 맺힌 그녀의 얼굴을 바라보며 숨을 몰아쉬었다. 짧은 바지 아래로 드러난 탄탄한 허벅지를 흘끔거렸다. 하루 이틀 달린 허벅지는 아닌 것 같았다. 이 사람은 언제부터 달린 걸까? 어떤 이유로 달리게 된 걸까?

마른침을 삼키며 물었다.

"무슨 생각 하면서 달려요?"

"아무 생각 안 하는데?"

부럽다. 나도 아무 생각 없이 달리고 싶다. 그녀가 손에 들고 있던 생수병을 내게 내밀며 호기심 섞인 목소리로 물었다.

"넌 무슨 생각 하는데?"

"내가 뭘 잘못했길래 지금 여기서 이러고 있지?"

내 말이 웃겼는지 그녀는 배를 잡고 쿡쿡댔다. 그 모습이 우스꽝스러워 나도 잠깐 배시시 웃었다. 그걸 놓치지 않고 바라보며 그녀는 흐뭇한 미소를 지었다.

"벌을 잘 받았으니 상을 줘야겠네."

그녀는 알쏭달쏭한 말을 던지고는 자기를 따라오라는 듯 늠름한 자세로 앞장섰다. 나는 말 잘 듣는 어린양처럼 순순히 따라 걸었다.

공원 근처에 있는 아파트 단지로 들어섰다. 그녀의 집에 함께 들어갔다. 거실에 걸린 가족사진이 보였다. 몇 살 때 찍은 사진일까. 초등학생인 그녀가 어색한 미소를 짓고 있었지만 편안해 보였다. 그녀는 화장실에 들어가 손을 깨끗이 씻었다. 그러고는 곧장 부엌으로 향했다. 식탁에 앉으라고 내게 눈짓을 보내더니 냉장고에서 사과를 하나 꺼내 껍질을 깎기 시작했다. 한눈에 봐도 엉성한 손놀림이었다. 저런 속도면 대체 언제 사과를 입에 넣을 수 있을지 아득했다.

가만히 있어야 한다는 목소리와 나서야 한다는 목소리가 속에서 부딪쳤다. 입 안의 속살을 잘근잘근 씹다가 나는 튀어 오르듯 일어났다. 그녀의 손끝에서 물렁해지다 못해 짓이겨지고 있는 사과를 구해야 한다는 생각만 들었다.

"제가 해도 될까요?"

"그럴래?"

그녀는 아주 자연스럽게 내게 사과와 과도를 넘겨준 뒤 분주히 움직였다. 선반에서 프라이팬, 홍차 티백을 꺼내고 냉장고에서 계란, 식빵, 우유 등을 꺼냈다. 나는 그녀를 흘끔거리며 사과 껍질을 금방 벗겨 냈다.

"와, 잘하네."

그녀가 사과를 날름 입에 넣으며 말했다.

"프렌치토스트 해 먹을 건데 도와줄래?"

아일랜드 식탁에 올라온 재료를 차분히 훑었다. 그냥 토스트기에 식빵을 넣고 바삭하게 구워 땅콩버터나 딸기잼을 발라 먹는 것도 좋지만 부드럽고 촉촉한 프렌치토스트도 나쁘지 않지. 그런데 재료가 좀 아쉽다.

"음, 버터가 필요해요. 설탕이나 잼도요. 파슬리 가루도 있으면 좋은데."

"파슬리? 그런 게 집에 있으려나?"

"없어도 상관은 없어요."

볼에 계란 두 개를 깨서 담고 우유, 소금, 설탕을 넣었다. 식빵을 반으로 가른 뒤 포크로 쿡쿡 찔러 구멍을 냈다.

"구멍은 왜 내는 거야?"

"이래야 계란물이 잘 흡수돼서 부드러워지거든요."

"아하."

프라이팬에 불을 올리며 커피포트에 물을 받았다. 제법 달궈진 프라이팬에 버터를 충분히 녹인 뒤 계란에 흠뻑 젖은 식빵을 올렸다. 지글거리는 소리에 기분이 좋아진 순간 커피포트에서 물이 끓어오르는 소리가 들렸다. 홍차를 우린 뒤 꿀과 우유를 감으로 적당히 넣었다. 하얀 그릇 위에 보드랍게 익은 프렌치토스트를 올리고는 설탕을 뿌렸다. 슈거파우더까지 있으면 완벽하겠지만 남의 부엌이니 어쩔 수 없지, 뭐.

왼손과 오른손을 가슴 앞으로 모아 갸름한 손가락 끝을 서로 맞닿게 한 채 음식을 기다리는 그녀 앞에 토스트와 밀크티를 놓았다. 한껏 기대에 부푼 얼굴로 토스트를 먹었다. 맛이 괜찮아야 할 텐데. 걱정이 앞섰다. 그러고 보니 늘 가족 입맛에 맞춰 요리를 했다. 가족이 아닌 다른 사람 앞에서 요리를 하는 건 처음이었다.

"와, 대박 맛있어. 거짓말 아니고 완전 진심."

그녀의 두 눈이 휘둥그레졌다. 치켜든 엄지손가락을 내리더니 허겁지겁 토스트를 입에 쑤셔 넣었다.

"입에 맞아요?"

"완전. 언제부터 이렇게 요리를 잘한 거야?"

"잘하는 건 아니고, 엄마를 자주 돕거든요."

저희 집에서 제가 1년 365일 식사 당번이거든요. 학생인 제가 엄마보다 요리하는 시간이 많다면 믿으시겠어요?

"처음이에요."

밀크티를 한 모금 마신 뒤 툭 말을 던졌다.

"응?"

"요리 잘한다는 소리 듣는 거, 처음이에요."

그녀가 멈칫하더니 손에 들고 있던 토스트를 접시에 내려놓았다. 실은 이것도 처음이에요. 내 말에 누군가가 진심으로 귀 기울여 주는 거요. 내가 무슨 말을 하든 다들 아랑곳하지 않고 느긋하게 하던 일을 하거든요. 내 말은 들은 척도 안 하거든요.

"멘티님, 좀 꼰대 같지만 한마디만 해도 될까?"

네네, 그러셔요. 이미 언니는 자타공인 제 멘토이니까요. 그리고 본인은 잘 모르시는 것 같은데 가끔 충분히 꼰대 같거든요.

"아무도 날 칭찬해 주지 않으면 내가 날 칭찬하면 돼."

"어떻게요?"

"작은 것부터 시작하는 거지. 눈 씻고 찾아보면 나한테도 꽤 장점이 있걸랑."

자기 말에 스스로 취한 건지, 아니면 밀크티를 맥주로 착각하는 건지 그녀는 밀크티를 마신 뒤 크, 하고 추임새를 넣었다. 문득 묻고 싶은 말이 생각났지만 그냥 삼켰다. 그러고는 조용히 토스트를 입에 넣었다.

"저거 무염버터죠?"

무염버터 맞을 거다. 내 혀가 그렇다고 하면 그런 거다. 그녀는 조리대 위에 방치된 버터를 잠깐 바라보다가 내 쪽으로 고개를 돌렸다.

"글쎄."

그녀가 눈을 더디게 깜빡였다. '그게 중요하니? 대체 왜'라고 묻는 눈길로 나를 골똘히 들여다봤다. 그게 왜 중요한지 설명을 늘어놓아도 이해하지 못할 게 빤하다. 오래도록 꽁꽁 감춰 둔 나만의 비밀을 속 시원히 털어놓지 않는 이상 나를 이해해 주는 사람을 만나기는 어려울 테니까.

나는 다시 토스트에 집중했다. 이번에는 딸기잼을 발라서 먹어 볼까. 새 숟가락으로 조금 덜어 낸 잼을 토스트에 발라 먹었다. 잼이 신선하지 않네. 냉장고 냄새가 배어 있는 걸 보니 오래 보관된 잼이었다. 어쩌면 유통기한이 임박했을 수도 있겠다.

셰프가 무슨 설거지를 하냐며 그녀는 극구 고무장갑을 꼈다. 그래 놓고는 설거지를 시작하자마자 컵을 깨트렸다. 바닥에 와장창 산산조각이 난 컵을 보며 그녀는 아이처럼 어쩔 줄 몰라 했다. 나는 약간 짜증이 났다.

"제가 치울게요."

평소와 달리 성이 잔뜩 난 내 목소리에 그녀가 멈칫했다.

"밟으면 다쳐요. 조심해서 물러나세요. 얼른요."

신문지랑 집게를 찾아 달라고 했다. 커다란 조각은 집게로 신문지 위에 놓고 나머지 조각은 빗자루와 쓰레받기로 치웠다. 부엌에서의 그녀는 언제 어디로 튈지 모르는 사고뭉치 네 살 같았다. 언니만 아니면 당장 머리를 쥐어박았을 거다.

"설거지는 내가 하고 싶은데."

그녀는 정말 딱 네 살짜리 아이처럼 고집을 피웠다. 그냥 내가 설거지를 하겠다고 해도 고무장갑을 벗을 생각을 하지 않았다. 대체 왜 이런 일에 생떼를 부리는지 이해를 할 수가 없었다. 저리 가서 놀라고 버럭 성을 내고 싶은 마음을 겨우 어르고 달래 한발 물러섰다. 그녀가 설거지를 하되 내가 곁에서 도와주기로 합의를 봤다.

설거지를 다 마치고 나니 피곤함이 몰려왔다. 집에 가겠다고 하자 그녀가 또 아이처럼 칭얼거렸다. 저녁까지 올 사람이 없으니 더 놀다 가라고 붙잡았다. 번갈아 샤워를 하자는 말에 내가 괜찮다고, 그냥 집에 가서 하겠다고 몇 번을 말해도 고집을 부렸다. 하는 수 없이 그녀가 내민 새 수건과 갈아입을 옷을 받아 들었다. 그러고 보니 땀에 홀딱 젖었다가 마른 옷에서 시큼한 냄새가 풍겼다. 화장실 쪽으로 걸어가다가 몸을 돌려 그녀를 건너다봤다. 내 시선을 느꼈는지 내 쪽으로 성큼 다가왔다.

"왜, 뭐 또 빠졌나?"

"그게 아니라."

그녀가 편히 말하라는 듯 말간 얼굴로 나를 빤히 쳐다봤다.

"이 옷은 작을 것 같아서요."

그녀는 내 손에 들린 자기 티셔츠를 내려다보다가 허둥지둥 방으로 들어갔다.

"이건 맞을 거야."

한눈에 보기에도 넉넉해 보이는 검정 티셔츠를 내밀었다. 그러고도 내가 화장실에 들어가지 못하자 스르륵 내게 다가왔다.

"샤워하기 좀 그러면 옷만 갈아입을래?"

"네."

"그래. 그럼 그 수건으로 몸 좀 닦고 갈아입어."

작게 고개를 끄덕인 뒤 그녀가 손가락으로 가리킨 방으로 들어갔다. 방문을 닫고 나니 입에서 긴 한숨이 절로 나왔다. 피곤함이 몰려들었다. 바닥에 대자로 뻗어 쉬고 싶었다.

티셔츠에서 향긋한 냄새가 났다. 보송보송하게 마른 옷에 코를 묻고 향을 맡았다. 세제 냄새와 오후의 햇살 냄새 속에 묻어 있는 달콤한 향기. 빨래를 널고 개는 정성 어린 손길과 그 안에 담긴 사랑. 코끝이 알싸하게 매워졌다. 엄마는 일을 시작하면서 바빠졌고 빨래를 점점 대충 했다. 잘 마른 빳빳한 옷을 받아 본 게 언제였는지 까마득했다.

옷을 갈아입은 뒤 그녀 방을 눈으로 훑었다. 벽에는 행사 포스터를 비롯한 다양한 종이가 붙어 있었다. 물 위에 둥둥 떠다니는 동그란 캡슐 등 특이한 그림도 많았다. 4단 책장 위에는 하얀색 모형들이 진열되어 있었는데 정체를 알 수 없었다.

책상 위는 오랫동안 정돈을 하지 않은 듯 어지러웠다. 그곳에 놓인 코르크보드 게시판은 메모를 적은 종이와 사진들로 빽빽했다. 거대한 폭포수 사진 아래로 플라멩코를 추는 연인을 유연한 필체로 그린 엽서가 보였다. 가족사진과 한적한 한옥 마을을 스케치한 그림도 있었다. 그 옆으로 크기가 제각각인 종이와 글자가 적힌 포스트잇이 잔뜩 붙어 있었다. 그 많은 종이 중 하나에 눈길이 갔다. 버킷 리스트였다.

나이아가라 폭포수를 온몸으로 맞는다.

스카이다이빙을 해 본다.

엄마와 단둘이 여행을 떠난다.

가우디가 만든 사그라다 파밀리아 성당을 직접 보고 온다.

집이 없는 사람들에게 튼튼한 집을 지어 준다.

쓰레기 분리수거를 철저히 한다.

어른이 되면 유기견을 키운다.

100킬로미터를 뛰는 울트라 마라톤 대회에 참여한다.

'튼튼한 집'이라는 글자가 눈에 들어왔다. 꿈이 건축가인 건가? 가우디는 어느 나라 사람이었지? 와, 울트라 마라톤? 만약 내 인생의 버킷 리스트를 채운다면 나는 어떤 걸 적으려나. 한 번도 생각해 본 적이 없어 머릿속이 멍했다. 그때 똑똑 방문 두드리는 소리가 났다.

"다 입었어?"

"네."

고맙다는 인사를 건네고 집에 가려고 하자 그녀는 또 불퉁거렸다. 심통이 잔뜩 난 아이처럼 입을 삐죽이면서 더 놀다 가라는 말을 반복했다. 그러더니 좋은 아이디어가 생각난 듯 손뼉을 몇 번 치면서 부엌으로 달려갔다. 빵과 과자가 담긴 봉지를 한 아름 안고 해맑게 다가왔다.

"빵 좋아하니?"

내가 이까짓 빵 몇 개와 과자에 넘어갈 거라고 생각했다면 그녀는 나를 단단히 착각, 한 게 아니라 제대로 짚었다. 안타깝게도 나는 빵이라면 자다가도 벌떡 일어나는 빵순이다.

빵 냄새에 이끌려 순순히 앉자 그녀는 거실 테이블 위에 빵과 과자를 펼쳐 놓았다.

"팥빵이 최고야, 안 그래?"

그녀가 내게 팥빵을 쑥 내밀며 말했다.

"무슨 소리예요. 빵은 소보로죠."

내 말을 듣는 순간 그녀의 손아귀에서 빵 봉지가 나풀거리며 떨어졌다. 그녀는 큰 충격을 받은 듯한 얼굴로 눈을 치켜떴다.

"너 정말 그렇게 생각해? 진심으로?"

"그럼요. 저는 팥빵은 입에도 안 대요."

봉지에서 소보로빵을 찾아 손에 쥐었다. 그녀는 시무룩한 목소리로 쉴 새 없이 중얼거렸다.

"나는 또 외톨이구나. 우리 집에서 나만 팥빵을 좋아하거든. 다들 팥빵보다는 소보로라는 거야. 너를 본 순간 너는 팥빵파라고 믿어 의심치 않았는데. 나는 평생 팥빵 동지를 찾아다녀야 하는 운명이구나. 슬프다. 가슴에 차오르는 이 슬픔 속에서도 팥빵을 향한 나의 사랑은 식지 않아. 절대로."

그러더니 그녀가 갑자기 소로보빵을 홱 낚아챘다. 이건 또 무슨 상황인가 싶어 나는 눈만 끔벅였다.

"이거 먹고 싶으면 내 소원 하나 들어줘."

3000원도 안 하는 소보로빵 하나에 소원이라니. 이건 지나치게

불공정한 거래라는 말이 튀어나올 법도 하지만 맛있게 부풀어 오른 빵의 갈색 표면이 나를 끈덕지게 유혹한다. 그녀는 번쩍 들어 올린 빵 봉지를 펄럭거리면서 내 안의 식탐을 부추긴다.

"소원이 뭔데요?"

"그건 나중에. 약속한 거지?"

"내가 팥빵 라인이었으면 그냥 줬을 거죠?"

"당연."

와, 진짜 치사하다. 아까 그냥 팥빵을 좋아한다고 할 걸 그랬나. 그렇지만 나의 15년 인생에 소보로가 없었다면 멀쩡한 정신으로 여기까지 오지 못했을 거다. 팥빵이 어디 감히 소보로랑 비교할 게 있는 빵인가? 팥빵의 퀄리티를 결정하는 것은 팥인데 국내산은 찾아보기 힘들어진 지 오래고 중국산은 끝맛이 산뜻하지 못하지 않은가. 게다가 팥빵에는 소로보빵의 핵심이라고 할 수 있는 바삭함이 없다. 과자처럼 바삭해 입에서 톡, 하고 부서지면서 뭉근히 퍼져 나가는 달콤함이 빠져 있다.

"좋아요."

"약속한 거다."

그녀가 높이 들었던 팔을 내려 내게 빵 봉지를 건넸다. 나는 드디어 손에 쥔 빵을 탐스럽게 봤다. 봉지를 뜯자마자 콧가로 밀려드는 빵 냄새에 잠시 눈을 감았다. 황홀하고도 그리운 냄새. 아무리 맡고 또 맡아도 질릴 것 같지 않은 냄새. 빵 냄새가 그윽하게 내 주변을 떠다니는 것을 느끼면서 빵을 입에 넣었다.

"아, 눈물 날 것 같아."

왜, 또. 그녀의 야릇한 콧소리에 불안감이 치솟았다. 아무래도 또 오버를 시작하려는 듯했다. 벌써부터 피로감이 몰려왔다. 내가 팥빵파가 아니라는 사실이 그렇게 슬퍼할 일인가? 눈물까지 흘릴 정도로?

"나 기뻐."

뭐지? 어쩌다가 감정의 파도가 슬픔에서 기쁨으로 변한 거지? 대체 언제, 왜, 무엇 때문에?

"네가 솔직하게 팥빵 싫어하고 소보로 좋아한다고 이야기해 줘서 기뻐."

나는 빵을 우적우적 씹던 걸 멈추고 그녀의 옆얼굴을 빤히 쳐다봤다.

"민희 네가 뭘 좋아하고 싫어하는지 드디어 하나 알았잖아."

나는 사레들린 사람처럼 빵을 먹다 말고 주먹으로 가슴을 두드렸다. 그녀의 말이 진심으로 들렸고 표정과 말에 담긴 마음이 진짜라고 생각하자 절로 목이 메었다. 그녀가 후다닥 부엌으로 달려가 차가운 우유를 한 잔 가져왔다. 우유를 벌컥벌컥 마신 후 손등으로 입을 천천히 닦았다. 뚫어져라 나를 바라보는 그녀의 눈길이 부담스러워 다시 빵을 크게 한 입 베어 물었다. 그 모습을 흐뭇하게 바라보던 그녀가 가슴에 두 손을 올렸다.

"우리 좀 더 친해진 거지?

"아, 네."

나는 성의 없는 말투로 대충 대꾸했다.

"휴, 나 숨통이 좀 트이는 거 같아."

그녀가 손바닥으로 가슴을 쓰다듬더니 팥빵 봉지를 야무지게 뜯었다. 그러더니 기분 좋은 감탄을 연발하며 빵을 먹기 시작했다.

테이블 위의 빵을 다 먹어 치우고, 앨범을 구경하자고 해서 그녀의 어린 시절 사진을 구경하고, 음료수를 마시자고 해서 벌컥 마시고, 그렇게 시간이 훌쩍 흘렀다. 정말 집에 가야겠다고 생각하며 학원 핑계를 댈까 고민하는데 그녀가 내 어깨를 뭉근히 짚으며 물었다.

"있지, 나 소원 쓸게."

"벌써요?"

"응, 그런 거 묵히는 거 아니야."

"뭐, 뭔데요?"

소원이라는 단어에 바짝 긴장이 되었다. 소원이라니. 유치하다고 초딩 때도 쓰지 않던 단어였는데, 참.

"내 비밀 아지트 같이 가자."

"아지트요?"

"궁금하지?"

그다지 궁금하지 않았지만 차마 그렇다고 말할 수 없었다. 그녀의 유난히 반짝이는 눈에 그런 말을 할 수 없어 나는 가만히 입을 다물었다. 항아리에 또 적립이군. 그녀는 이번에도 침묵을 오케이로 받아들였고 나는 자포자기 심정이 되었다. 백팩을 멘 그녀를 따라 엘리베이터를 타고 꼭대기 층으로 갔다. 계단을 더 올라 그녀가 옥상으로 향하는 문손잡이를 잡은 순간 내가 물었다.

"옥상 가려면 허락받아야 하는 거 아니에요?"

"괜찮아. 매일 가는걸."

그녀가 또 윙크를 날리며 문손잡이를 돌렸다. 이 사람은 눈을 찡긋하는 게 완전 습관이구나. 무시하자. 그게 최선이다. 그런 생각을 하고 있는데 문이 확 열렸고 드넓게 펼쳐진 하늘이 한눈에 들어왔다.

"짜잔. 어때?"

하늘에 시선을 뺏긴 채 옥상 가장자리로 천천히 걸어갔다. 서쪽 하늘이 붉게 타오르고 있었다. 말로 표현할 수 없는 신비로운 색감이었다. 보라빛 같기도 하고, 분홍빛 같기도 하고, 주황빛 같기도 하고, 황금빛 같기도 했다.

"나는 일몰이 너무 좋아."

그녀가 옥상 가장자리 난간에 올린 손에 턱을 괴며 말했다.

"이렇게 멋진 노을은 처음 봐요."

"내가 좋아하는 배우 별명이 일몰 사냥꾼이거든. 그래서 나도 노을을 좋아하게 됐어. 보면 볼수록 빠져든다고나 할까. 그냥 하염없이 바라보게 돼. 온도, 습도, 구름양, 계절, 시간에 따라 노을이 매번 다르다는 걸 알고는 완전히 사랑에 빠져 버렸어."

그렇구나. 그녀는 자신이 무엇을 왜 좋아하는지 정확히 알고 있는 사람이구나. 신기하다. 나는 내가 뭘 좋아하고 뭘 싫어하는지 전혀 모르는데. 나 자신을 생각하면 여전히 깜깜할 뿐인데.

그건 어떤 기분일까. 내가 어떤 사람이고 누구인지 잘 알고 있는 느낌이란. 선택의 순간에 주저 없이 결정할 수 있을 정도로 자신과 친하다는 건 어떤 걸까. 잘까지는 아니어도 어렴풋하게라도 좋으니 나를 좀 알고 싶다. 그게 힘들다면 뭐라도 좋으니 사랑해 보고 싶다.

고개를 쭉 빼고 아래를 내려다봤다. 퇴근을 서두르는 사람들의 발걸음이 분주해 보였다. 장바구니를 들고 들어가는 사람은 엄마를 닮았다. 자전거에서 잽싸게 내리는 사람은 얄미운 동생과 비슷해 보였다. 이 위에서는 지상에 있는 사람들의 얼굴이나 표정이 잘 보이지 않았다. 그래서 모두가 가족 같고 아는 사람 같다는 착각을 일으켰다.

고개를 들었다. 건너편에 있는 아파트 옥상이 보였다. 한 달 전에 옆 중학교에 다니는 학생이 내가 사는 아파트 옥상에서 뛰어내렸다. 오랫동안 왕따였던 그 애는 집단 구타까지 당했다고 했다. 옥상에 오르기 전까지 그 애도 많이 망설이고 흔들렸을 것이다. 한없이 흔들리는 마음을 붙잡아 줄 수 있는 건 없는데 아파트마다 옥상이 있다. 마음만 먹으면 올라갈 수 있는 옥상이, 손잡이만 돌리면 쉽게 열려 버리는 문이 여전히 존재한다.

그 애는 어떤 마음으로 옥상까지 올라왔을까. 벽 위에 올라서려고 두 손으로 난간을 짚었겠지. 오래된 아파트라 시멘트를 만지면 표면에 칠해 둔 페인트가 부서지면서 부스러기가 나왔겠지. 난간에 올라서 잠시 아래를 내려다보면 아찔했겠지. 잠깐의 실수로 균형을 잃으면 순식간에 20층에서 1층으로 곤두박질친다는 걸 알았을 테니까. 마른침을 삼키며 아래를 내려다봤다. 현기증이 일었다. 정신이 아득해지더니 눈앞이 흐려졌다.

깊이 숨을 들이마신 뒤 먼 곳을 바라봤다. 뿌옇던 시야 사이로 해 질 녘 석양이 다시 보였다. 주황빛으로 물든 구름 위로 짙은 다홍빛이 이어지다가 그 위로 보랏빛이 안개처럼 번져 있었다. 점점이 번져 가는 그러데이션이 아름답고 신비로웠다. 누가 송곳으로 가슴을 찌르는 것처럼 저릿저릿했다.

"물어보고 싶은 게 있는데."

고개를 돌렸다. 나를 지그시 보고 있는 그녀와 눈이 마주쳤다.

"그 상처는 뭐야?"

그녀가 불쑥 물었다. 무슨 말인가 싶어 물끄러미 봤더니 그녀의 눈길이 내 팔에 머물러 있었다.

"몰라요. 어렸을 때 생겼나 봐요."

"어떻게 생긴 건데?"

"안 물어봤어요."

"궁금하지 않아?"

"네, 전혀."

궁금하지 않았다. 분명 좋지 않은 사건일 테니까.

"난 궁금한데. 다음에 너희 가족 만나면 물어봐야겠다."

속으로 코웃음을 쳤다. 그럴 일은 없을 거다. 그녀가 우리 가족을 만나는 일도, 가족을 만나 이 작은 상처에 대해 물어보는 일도, 그런 물음에 엄마나 아빠가 친절히 답변해 주는 일도 절대 일어나지 않을 거다.

그렇다 하더라도 기분이 이상했다. 그동안 팔에 난 상처에 대해 물어본 사람은 없었다. 나한테 이 사람이 처음인 것이 왜 이렇게 많은지 당황스러웠다. 감탄이 그득 담긴 눈길로 노을을 올려다보는 그녀를 흘끔거렸다. 질끈 하나로 묶은 말총 같은 머리카락이 조용히 흔들렸다. 그녀가 어떤 사람인지 더 알고 싶다는 생각이 문득 들었다. 더 친해지고 싶다. 하지만 동시에 아주 오래 만난 사람처럼 깊은 관심을 기울이는 그녀가 부담스럽다. 그녀와 가까워지는 일이 두렵기도 하다. 누군가와 친구가 되었다가 스리슬쩍 멀어지고 그러다 상처받는 일은 아무리 반복해도 익숙해지지 않는 법이니까.

입학 거부 통지서

하빈

"우리 좀 앉을까?"

내 말에 파랑이가 고개를 주억거렸다. 옥상 중앙에 세워진 낮은 턱으로 걸어갔다. 파랑이는 얌전히 나를 따라왔다. 가방에서 주섬주섬 돗자리와 물병을 꺼냈다. 야트막한 턱에 돗자리를 깔고 나란히 앉았다.

"노을 어때?"

"멋지네요."

그 애가 작게 읊조렸다. 파랑이는 고개를 젖혀 하늘을 봤다. 나도 벌렁 드러누우며 우아, 하고 다시금 감탄했다. 어렴풋이 남은 노을이 하늘을 찬연한 색감으로 물들이고 있었다. 신비로운 색깔로 물들고 있는 여름 하늘을 우리는 말없이 올려다봤다. 아무리 바라봐도 질릴 것 같지 않은 일몰의 아름다움을 두 눈 가득 담았다.

뜨거운 여름을 닮은 후덥지근한 바람이 불어왔다. 나는 두 눈을 감고 바람을 느꼈다. 이마와 목덜미에 맺힌 땀이 바람에 마르려는 순간 내 입이 저절로 열렸다.

"있지."

다정하게 파랑이 이름을 불러 주고 싶었는데 갑자기 이름이 생각나지 않았다. 나는 눈을 천천히 떴다.

"내가 입양아래."

분명 내 목소리이고 내가 선택한 단어였는데도 방금 내뱉은 말이 낯설게만 들렸다.

"네?"

안 봐도 빤하다. 파랑이는 흠칫 놀라는 표정을 짓고 있겠지.

"입양된 걸 작년에 알았거든? 근데 아직도 뭐가 뭔지 하나도 모르겠어. 나는 정말 가족을 사랑하고 좋아하거든? 근데 그 가족이 나와 피 한 방울 안 섞였다는 게 믿기지가 않아."

무언가 형언할 수 없는 감정이 마음속에서 용광로처럼 부글부글 끓어올랐다. 하지만 그와 달리 몸은 미동도 하지 않았다. 나는 포획된 사람처럼 가만히 누워 점점 어둑어둑해져 가는 하늘을 응시했다.

"저⋯⋯."

안 봐도 훤하다. 파랑이는 뭐라고 대꾸해야 할지 몰라 난감해하고 있겠지. 우물쭈물 한참을 망설이겠지.

"아씨, 말하니까 별거 아니네. 괜히 속에 담아 두고 있었어."

그렇게 씩씩거리는 나를 빤히 건너다보는 그 애를 향해 히죽 웃어 주었다. 얼른 화제를 바꿔 버려야겠다는 생각을 하면서.

"나 내일부터 알바한다."

"무슨 알바요?"

"빵집 알바. 분위기 쩌는 파스타 식당에서 알바하고 싶었는데 잘 안 됐거든."

몸을 옆으로 구부정하게 기울이는 파랑이를 향해 말했다.

"언니가 알바비 받으면 맛있는 거 사 줄게."

파랑이가 희미한 미소를 지었다.

"참, 놀이공원 가기로 한 약속 안 잊었지?"

"언제 가는데요?"

"아마 내일?"

"내일요?"

"왜, 시간 안 돼?"

"그런 건 아닌데. 달리기는요?"

"오전에 빡세게 달리고 가면 되지."

파랑이 입에서 작은 한숨이 새어 나왔다. 저 한숨의 뜻을 나는 잘 알고 있다.

'달리기만으로도 피곤해 죽겠는데 놀이공원을 가자고요? 아무리 생각해도 그런 곳은 남자 친구랑 가야 하는 거 아닌가요? 말 많은 언니들과 간다고 생각하니 벌써 피곤해 죽을 것 같다고요.'

"저 내일 학원 가야 하는데."

"몇 시?"

"저녁 7시까지요."

"그때까지 오면 되지."

마지못해 "네"라고 대답하는 그 애의 눈빛이 애처롭다. 그 눈빛의 뜻 또한 다 알고 있다.

'달리기를 하고 놀이공원까지 가는데 학원까지 가라고요? 정말 너무한 거 아니에요? 딱 보니까 언니는 휴학 중이고 학원도 안 다니는 것 같은데 한가한 언니랑 나는 좀 다르다고요. 그러니까 놀이공원에 데려가면 인간적으로 늦게 와야죠. 그래야 학원을 땡땡이 치죠. 물론 학원 빠지면 엄마한테 맞아 죽을 수는 있겠지만 그래도 이건 아니죠.'

이런 생각으로 머릿속이 복잡한 걸까? 파랑이가 손끝으로 미간을 문질러 대다 말고 물었다.

"근데 휴학했어요?"

"응."

"왜요?"

"왜냐고? 음, 왜냐하면……."

나는 검지를 입술 중앙에 갖다 대며 은밀한 목소리로 속삭였다.

"쉿, 그건 일급비밀이라서."

파랑이가 성의 없이 "아, 네"라고 대꾸하고는 아니꼽다는 표정을 짓는다. 어쭈? 얘가 이런 표정도 지을 줄 알아? 허허, 약간 당황스러웠지만 한편으로는 기분이 괜찮았다. 내가 살짝 편해진 것일 수도 있으니까.

"이거 어때? 프렌치토스트 한 번 더 먹게 해 주면 일급비밀을 까겠소."

"좋아요."

"딜?"

우리는 새끼손가락을 걸고 엄지로 도장까지 찍었다. 뭔가 부족하다는 느낌이 들어 복사까지 하고 싶었지만 고딩인 내가 중딩 앞에서 체면을 지켜야 한다는 사명감으로 간신히 참았다.

파랑이는 턱 끝을 바짝 치켜들며 다시 하늘을 쳐다봤다. 나도 그애 시선 끝을 함께 바라봤다. 짙은 침묵이 우리 사이를 빼곡히 채웠지만 어색하지 않았다. 오히려 무언가 충만한 느낌이었다.

입양된 사실을 안 직후부터 지금까지 머릿속을 꽉 채운 생각들로 꼼짝할 수 없었다. 그런데 말로 내뱉고 나니 속이 후련했다. 머릿속도 한결 시원했다. 파랑이가 아니었다면 아마 나는 허공에 대고 말했으리라. 그리고 그만큼 더 외로워졌으리라.

한동안 하늘을 아름답게 물들였던 일몰이 사라질 시간이었다. 해가 막 진 하늘에 어둠이 밀려들었다. 찐득한 바람 사이로 여름 냄새가 스며들었다. 몸이 노곤했다. 잠이 쏟아졌다. 잠에 빠지지 않으려고 안간힘을 썼다. 파랑이에게 바닥에 편히 드러누우라고 말하고 싶었지만 쏟아지는 졸음에 말이 입 밖으로 나오지 않았다. 파랑이는 마지막 힘을 짜내 견디는 사람처럼 허리를 꼿꼿하게 세우려고 애쓰는 듯 보였고 나는 그런 파랑이가 어쩐지 좀 안쓰러웠다.

프랜차이즈 빵집 알바는 지루할 정도로 단순했다. 매장을 청소하고 갓 구워진 빵이 식으면 비닐봉지에 하나씩 담고 손님이 오면 계산을 해 주면 됐다. 그런데 예상치 못한 문제가 있었다. 빵집 근처에 노인복지관이 있어 할아버지, 할머니 손님이 아주 많이 온다는 거. 할머니들은 그럭저럭 괜찮은데 할아버지들 중 몇몇은 별것 아닌 일로 괜히 시비를 건다는 거. 짜증이 확 솟구쳐 뭐라 한 소리 하고 싶지만 알바생 주제에 손님한테 그럴 수 없다는 거.

그래서 나는 종일 스스로에게 주문을 걸었다. 참아야 하느니라. 참는 자에게 복이 있느니라. 나는 이 알바비가 꼭 필요하다. 파랑이에게 맛있는 것도 사야 하고 언니들이 합격하면 취직 선물도 사야 한다. 이것저것 쓰고도 돈이 남으면 알뜰히 모아 배낭여행 가는 데 보태야 하느니라.

그래도 짜증이 가라앉지 않으면 오빠와 나눴던 대화를 떠올렸다. 오빠가 그랬었지. 알바로 번 돈은 용돈을 타 쓰는 거랑 느낌이 다르다고. 내가 쏟아부은 걸 확인받는 실감 같다고. 그게 어떤 느낌인지 느껴 보고 싶다. 그래서 오빠 말을 찰떡같이 이해하고 싶다.

보란 듯이 일을 잘 해내고 싶은데 손이 자꾸 엉킨다. 빵을 봉지 안에 쏙 넣은 뒤 입구에 붙은 얇은 비닐을 싹 벗겨 잘 닫아 주면 끝인데 그게 쉽지가 않다. 얇은 비닐을 뜯다가 중간에 뚝 끊기기 일쑤고 봉지 입구를 살짝 접어 깔끔히 마무리하는 걸 못 해 울퉁불퉁해진다. 옆에서 나를 지켜보던 사장도 첫날이니까 넘어가자고 무던히 참고 있는 듯 하지만 계속 한숨을 내뿜는다. 내가 봐도 시원찮은데 사장 눈에는 얼마나 못마땅할까.

파랑이라면 야무지게 잘했을 텐데. 오자마자 사장한테 예쁨을 받았을 텐데. 부엌을 장악하던 그 애의 포스와 손놀림을 언니들에게 보여 주지 못해 아쉬울 정도였다. 파랑이는 손이 빨랐다. 일의 순서를 정확하게 알고 있는 데다가 마무리는 단호했다. 춤을 추는 듯 아름다운 운율이 느껴지는 손놀림을 넋 놓고 바라보면 눈 깜짝할 사이에 식탁이 채워졌지. 입에서 사르르 녹는 토스트와 단정히 깎인

사과와 은은한 갈색으로 물든 밀크티의 완벽한 앙상블.

무엇보다도 마음에 들었던 건 요리하는 틈틈이 드러나던 파랑이의 마음 씀씀이였다. 그 애는 요리를 즐거워했고 재료를 제대로 다룰 줄 알았다. 게다가 완성된 음식을 먹을 때는 오롯이 먹는 행위에 집중했다. 요리의 과정과 결과물 모두를 숭고하게 여겼다. 그건 단순히 요리를 잘 해내는 것보다 훨씬 더 중요한 일이었다.

퇴근 시간을 앞두고 한 할아버지가 매장에 들어왔다. 지팡이를 짚은 채 간신히 들어와서는 팥빵을 한 손으로 마구 잡았다. 사장이 눈치를 줬다. 나는 재깍 할아버지한테 다가갔다.

"할아버지, 도와드릴까요?"

할아버지는 대답 대신 움푹 팬 뺨을 실룩거렸다. 재빨리 쟁반을 내밀자 할아버지는 얼굴을 심하게 구기며 팥빵들을 옮겼다. 계산을 하고 가격을 이야기했더니 할아버지는 봉지를 요구했다. 종이 가방이든 비닐봉지든 따로 계산해야 한다고 안내했다. 묵묵히 내 말을 듣던 할아버지가 갑자기 발끈 성을 냈다.

"무슨 소리야? 원래 그냥 해 줬어."

"아버님, 바뀐 지 오래됐어요. 오랜만에 오셨나 보다."

사장이 눈치껏 끼어들었지만 할아버지는 물러날 기색이 없었다.

"그거 몇 푼이나 한다고 그래? 노인네들 불쌍한 게 안 보여?"

하는 수 없이 사장은 공짜로 비닐봉지를 내줬다. 나는 사장과 할아버지 사이에 끼어 어정쩡한 자세로 서 있을 수밖에 없었다. 할아버지가 얼른 매장에서 나가기를, 얼른 퇴근 시간이 되기를, 퇴근 후 언니들과 파랑이를 만나러 단숨에 달려가는 동안 여기서 일어난 일들을 싹 다 잊기를 바라면서 말이다.

무더운 날씨였는데도 놀이공원에는 사람이 많았다. 눈부신 햇살이 성가신지 설이 언니는 연신 손부채질을 했다. 입이 툭 튀어나온 설이 언니 뒤로 고단한 얼굴의 하나 언니가 보였다. 솔직히 인정한다. 날이 무덥기는 했다. 하지만 언니들 뒤로 살며시 보이는 파랑이 얼굴은 달랐다. 그 애 얼굴에 약간의 설렘과 흥분이 얼핏 스쳐 지나갔다.

우리는 가슴을 쭉 펴고 늠름한 자세로 놀이공원에 입장했다. 입구를 지나쳐 자박자박 발을 맞춰 걸어 나갔다. 그것만으로도 짜릿한 쾌감을 느꼈다. 뜨거운 여름의 한복판에 우리가 함께 있다는 사실, 내가 좋아하는 사람들과 놀이기구를 타러 왔다는 사실, 오늘 어떤 추억을 새로 만들지 기대된다는 사실만으로 가슴이 터질 것 같았다.

"자, 뭐부터 탈까요?"

"이 무더위에 여기에 오자고 하신 또라이님 마음대로 하시지요."

더위에 벌써부터 항복 선언을 한 사람처럼 어깨를 축 늘어뜨리며 설이 언니가 대꾸했다. 안 되겠다. 일단 더위와 싸울 장비들이 필요했다. 각종 심부름을 해서 모아 둔 용돈을 멋지게 풀 시간이었다. 이 돈을 다 써 버리면 당분간 많이 가난하겠지만 어쩔 수 없었다. 알바비가 들어올 때까지 완전 짠순이로 살면 되지. 그런 각오로 나는 휴대용 선풍기 네 대를 샀다. 햇빛을 차단해 주는 가리개 모자도 사 주고 싶었지만 언니들이 하도 손사래를 쳐서 나만 샀다. 파랑이도 정중히 모자를 거절했다. 대신 그 애는 자기 가방에서 조용히 선크림을 꺼내 꼼꼼히 얼굴에 펴 발랐다.

나는 어린아이처럼 놀이공원을 종횡무진 쏘다니며 즐겼다. 좋아하는 놀이기구 앞에서 오래 기다리는 일도 마냥 신났다. 선풍기와 선 캡으로 무장해서인지 더위에도 지치지 않았다.

우리는 먼저 하나 언니가 가장 사랑하는 롤러코스터를 타고 그다음으로 설이 언니가 좋아한다는 허리케인을 탔다. 잠깐 핫도그와 콜라로 허기를 달랜 뒤 다음 놀이기구를 타러 걸음을 바삐 놀리고 있는데 파랑이가 멈칫했다. 무슨 일인가 싶어 우르르 몰려갔더니 그 애가 바닥에 떨어진 지갑을 줍고 있었다. 그 애는 잠시도 망설이지 않고 안내소나 관리실에 지갑을 맡기고 오겠다며 달려갔다. 언니들과 나는 근처 벤치에 앉아 기다렸다. 잠시 후 숨을 헐떡거리며 달려왔고 하나 언니는 말없이 그 애의 등을 몇 번 토닥였다. 기특하다는 듯이.

"물어보나마나 하빈이는 바이킹이지?"

설이 언니가 입술을 샐쭉거리더니 물었다.

"어, 어떻게 알아요?"

"너 기억상실증 있는 거 아니지? 맨날 지가 노래 불러 놓고는."

하나 언니가 대놓고 면박을 줬다.

"또라이와 기억상실증 중 하나만 해라. 둘은 우리도 감당이 안
돼."

머리를 살래살래 저어 대는 설이 언니를 보며 나는 히죽이 웃어
버렸다. 설이 언니와 내가 나누는 대화를 옆에서 엿듣고 있던 파랑
이가 풋, 하고 웃음을 터트렸다. 졸지에 또라이에 기억상실증 환자
가 된 나는 민망함을 떨치려고 히죽해죽 웃으며 앞장서서 걸었다.

나는 어렸을 때부터 바이킹을 좋아했다. 롤러코스터는 무서웠
지만 바이킹은 즐겁게 탈 수 있었다. 열 번이고 스무 번이고 반복
해서 타도 질릴 것 같지 않았다. 우리는 야무진 걸음걸이로 바이킹
대기줄까지 걸어갔다. 줄이 꽤 길었다. 나처럼 바이킹을 좋아하는
사람이 많다는 뜻이니 기분이 나쁘지 않았다. 언니들 뒤로 내가 섰
고 파랑이도 내 뒤에 바짝 붙어 섰다.

사람들의 함성이 들렸다. 맨 뒷좌석에 앉은 커플이 함께 두 팔을
위로 올리며 환호했다. 커플은 서로의 손을 다부지게 잡으며 햇살
보다 환하게 웃었다. 바이킹 때문인지 시원한 바람이 대기 줄에 서

있는 사람들 위를 지나갔다. 수다를 떨며 기다리는 사람들의 머리
카락이 가볍게 나부꼈다. 우리 앞에 서 있는 가족은 추로스를 서로
의 입에 넣어 주느라 바빴다. 보기 좋았다. 잠깐이지만 엄마와 아빠
생각을 했다. 그러자 마음이 금세 복잡해졌다. 잡다한 생각을 물리
치려고 고개를 가볍게 흔들었다.

"바이킹 좋아해?"

"모르겠어요."

파랑이가 시큰둥한 얼굴로 주변을 흘끗거렸다.

"그럼 어떤 놀이기구 좋아해?"

"딱히 없는 것 같아요."

애매모호한 답변에 기죽을 내가 아니지. 나는 지치지도 않고 계
속 질문을 퍼부었다. 핫도그 좋아해? 팝콘은? 더위를 많이 타? 사
계절 중 어떤 계절이 좋아? 여름에 휴가 간 적 있어? 어떤 과목을
좋아해? 어떤 아이돌 좋아해? 가장 친한 친구는 어떤 아이야? 취
미는 뭐야? 뭘 할 때 가장 기뻐?

장대비처럼 쏟아지는 나의 질문 공격에 파랑이는 대충 "글쎄요"
혹은 "잘 모르겠어요" 같은 말로 얼버무렸다. 그러면서 그 애는 흔
들리는 바이킹만 멀뚱멀뚱 올려다봤다. 그 눈빛에 어떤 감정도 담
겨 있지 않아 잠깐이지만 파랑이가 왠지 낯설게 느껴졌다.

이제 다음 차례였다. 곧 바이킹을 탄다는 생각에 사람들 입가에

설렘과 미소가 어렸다. 가슴이 두근거리기 시작했다. 앞에 서 있던 언니들이 동시에 몸을 홱 돌려 나를 돌아다봤다. 하나 언니 입가에 함박웃음이 잔뜩 걸려 있었다. 그 미소는 나에게 이렇게 말을 거는 듯했다. 드디어 소원을 성취하셨네요. 감축드립니다, 또라이님.

앞을 가로막던 줄이 사라지자마자 나는 깔깔거리며 부리나케 뒷좌석으로 달려갔다. 자리에 앉으면서 파랑이에게 어서 오라고 손짓을 보냈다. 안전벨트가 내려오고 놀이기구가 천천히 움직이기 시작했다. 사람들 사이에서 웃음과 기대가 섞인 탄성이 새어 나왔다.

바이킹은 조금씩 고도를 높였다. 높이 솟구치면 그만큼 아찔하게 내려왔다. 절반의 사람들이 올라가는 동안 나머지 사람들은 내려갔고 잠시 후 반대 상황이 펼쳐졌다. 얼핏 재밌는 생각이 머릿속을 스쳤다. 올라가면 내려가고, 내려가면 다시 올라가야 하는 바이킹은 인생과 닮아 있다는 생각. 그래서 내가 바이킹을 좋아하는 게 아닐까 하는 생각. 그렇다면 바닥을 모르고 하염없이 내려가기만 하는 인생도 언젠가는 위로 솟구칠 수 있지 않을까. 성공 가도만을 달리는 인생도 언젠가는 내리막길을 내려와야 하는 거 아닐까. 마지막으로 남은 생각 하나가 나를 붙들었다. 진자 운동의 힘으로 힘차게 하늘을 향해 비상하는 바이킹처럼 나도 제대로 성장하고 싶다. 한 번쯤은 더 멋진 모습으로 도약해 보고 싶다. 멋지게 성장한다는 것이 어떤 것인지, 어디에서 어디로 도약하고 싶다는 것인지 구체적으로는 알 수 없었지만.

우리는 아이스크림을 하나씩 물고 놀이공원을 빠져나왔다. 파랑이가 학원에 늦지 않으려면 서둘러야 했다. 우리는 재게 걸어 지하철을 탔다. 둥글게 모여 서서 언니들과 나는 끝도 없이 수다를 떨었다. 정신없이 돌아다닌 게 피곤했는지 파랑이는 조용히 우리 이야기를 듣기만 했다.

"언니, 내일 면접 있다고 했죠?"

하나 언니는 대답 대신 고개를 한 번 까닥해 보였다. '면접'이란 단어에 언니 얼굴이 급속도로 어두워졌다.

"아, 진짜 면접 신물 나. 간다고 되는 것도 아닌데 오라니까 안 갈 수도 없고."

언니가 이마를 찌푸리며 말했다.

"많이 좋아지곤 있는데 여전히 황당한 면접이 겁나 많아."

열차 안이 조용해지자 설이 언니가 소곤거렸다.

"가장 황당한 면접은 뭐였는데요?"

언니를 따라 나도 작은 목소리로 물었다.

"글쎄, 너무 많아서 뭘 골라야 할지 모르겠는데?"

그 말로 운을 띄운 하나 언니는 그동안 쌓아 둔 이야기를 다다다다 내뱉었다. 언니 입에서 흘러나온 이야기들은 하나같이 놀라웠다. 내가 사는 세상과 동떨어진 곳에서 일어나는 일 같다고나 할까.

　새로운 도시락 제품을 기획하는 도시락 면접, 지원자의 도전 정신과 체력을 파악하는 산행 면접, 면접 복장을 자율화하는 대신 정답이 없는 창의성 면접, 업계 종사자의 명함을 무조건 많이 모아 와야 하는 명함 면접, 혼자서 30분 이상 제품에 대해 떠들 수 있는지를 테스트하는 스피치 면접, 스파게티 면을 쌓거나 난해한 블록 문제 같은 기상천외한 미션으로 가득한 1박 2일 합숙 면접, 젓가락 사용하는 모습을 관찰하고 평가한 젓가락 면접…….

　"아, 가장 황당한 건 그거였네. 잠을 안 재운 면접."

　"헐."

　파랑이도 나처럼 눈이 휘둥그레졌다.

　"안 믿기지? 면접 과제를 자정에 주더니 과제 제출을 다음 날 오전 7시까지 하라잖아. 그게 무슨 소리겠어. 잠을 자지 말라는 거잖아."

　"그럼 자기도 모르게 잠에 빠진 사람은 탈락했겠네요?"

　"그렇지. 한번은 이런 일도 있었어. 자꾸 최종 면접에서 떨어지는 게 속이 상해서 관계자를 찾아가 따졌거든. 도대체 왜 탈락된 건지 궁금하다고, 이유라도 알고 싶다고. 그랬더니 관계자가 나를 빤히 보다가 이러는 거야. '솔직하게 말해도 될까요?' 그래서 호탕하게 말했지. 괜찮다고, 솔직하게 말해 달라고. 관계자가 크게 한숨을 들이

쉬더니 뭐라고 말하는지 알아? 너무 절실해 보여서 떨어뜨렸대."

나는 어안이 벙벙한 얼굴로 하나 언니를 올려다봤다. 언니는 억지로 웃으려는 사람처럼 입꼬리를 한 번 올리면서 어깨를 으쓱거렸다.

"올해까지 해 보고 안 되면 나 다 때려치울지도 몰라."

"뭐래. 때려치우면 뭐 하려고?"

설이 언니가 곱슬곱슬한 머리카락을 한 손으로 넘기며 물었다. 곱슬기 많은 머리는 설이 언니와 나의 공통점 중 하나다.

"사업해야지. 벤처나 구멍가게로."

"오매, 사업은 아무나 하나?"

설이 언니 입에서 사투리가 불쑥 튀어나왔다. 나도 언니들 대화에 쑥 끼어들었다.

"사업 아이템이 있어요?"

"끝내주는 게 하나 있는데 지금은 비밀."

그렇게 말하며 하나 언니가 한쪽 눈을 찡긋거렸다. 눈 깜짝할 사이에 날리는 윙크는 하나 언니의 전매특허였지만 자주 볼 수 없는 진귀한 습관이었다. 언니를 닮고 싶어서 내가 종종 따라 하는 행동이었다.

"만약에 확 접게 되면 나 그거 꼭 해 볼 거야."

"뭔데요?"

"입사 거부 통지서."

나와 설이 언니의 눈이 잠깐 마주쳤다. 눈길을 파랑이 쪽으로 돌렸을 때 파랑이가 눈을 반짝 떴다. 아무 대꾸 없이 조용히 이야기를 듣고만 있던 파랑이의 눈에 멈출 수 없는 호기심이 얼핏 스쳐 지나갔다. 우리 눈에 주렁주렁 달린 궁금증을 쓱 둘러보고는 하나 언니가 입을 열었다.

"옥스퍼드대학에서 면접시험을 치른 엘리 노웰이란 소녀 이야기니까 원래 말은 입학 거부 통지서가 맞겠네."

잠깐 말끝을 흐린 뒤 언니가 꺼낸 이야기는 신박했다. 이야기를 간단하게 요약하면 이러했다. 19세 소녀가 면접을 본 대학에 불합격 통지서를 날렸다. 귀 대학은 내가 고려하는 기준을 완전히 충족하지 못했다. 귀 대학은 훌륭한 주변 대학들과 경쟁 관계에 놓여 있는데 실망스럽게도 내 기준에 미치지 못했다. 좀 더 혁신적인 대학이 되지 못한다면 재응시를 해 봐도 좋은 대답을 듣기 어려울 것이다. 불합격 이유에는 여러 가지가 있겠지만 한 가지만 말하겠다. 장엄한 격식 아래 면접을 치르는 것은 공립학교 출신 지원자를 위축시킨다. 사립학교 출신 지원자에게 유리한 엘리트주의를 버리지 않는다면 귀 대학의 발전은 요원한 일이 될 것이다. 다른 유능한 지원자를 찾길 바란다.

"와, 존멋!"

언니 말이 끝나자마자 나는 감탄을 퍼부었다. 당신들이 아니라 내가 당신들을 거부한다. 그녀의 대찬 행동이 후련하고 통쾌했다.

"좀 멋지네."

설이 언니 말에 하나 언니가 목소리를 높여 떠들었다.

"완전 짜증 나고 황당한 면접을 보고 왔는데 합격 전화를 받는 거야. 일단 알았다고 하고는 보란 듯이 입사 거부 통지서를 보내는 거야. 당신네 회사가 무슨 잘못을 했는지 낱낱이 알려 주는 거지. 후훗, 끝내주지?"

나는 언니한테 엄지손가락을 척 들어 올렸다. 역시 하나 언니는 내 롤 모델이 될 자격이 충분한 사람이다.

그 어디에도 나는

민희

　하나 언니가 들려준 이야기는 흥미로웠다. 아직 중학생인 나로서는 어디서도 듣지 못한 이야기들이었다.

　주요 과목 선생님들은 누누이 성적을 강조했다. 그중에서도 수학 선생님이 가장 심했다.

　"기초체력을 다지지 않고 올림픽 메달을 따는 선수는 없습니다. 여러분의 기초체력이 바로 중학교 성적이죠. 언더스탠드?"

　말끝마다 '언더스탠드?'를 붙여서 아이들은 선생님이 나가면 수학 수업인지 영어 수업인지 헷갈린다며 불퉁거렸다.

　모두 입을 모아 성적이 얼마나 중요한지 이야기하느라 바빴다. 좋은 성적을 위해 노력한다. 고등학생이 되면 더 치열하게 노력한다. 좋은 대학에 가지 못하면 모든 게 망한다. 어른들은 좋은 대학에 가기만 하면 모든 일이 절로 해결된다는 식으로 말했다. 그 후의 일에 대해서는 자세히 이야기하지 않았다.

코피가 터질 정도로 열심히 공부해서 좋은 대학에 들어가는 것이 끝이 아니라는 것은 알고 있었다. 대학 졸업 후 더 혹독한 미래가 기다리고 있다는 것도 잘 알았다. 그런데 하나 언니가 들려준 이야기는 생각해 본 적도 없는 일들이었다. 그 일을 바라보는 언니의 넓고 당찬 시선이 대단해 보였다. 언니 덕분에 미래의 경계가 넓어지고 고등학교 이후의 삶도 조금은 구체적으로 다가오는 느낌이었다.

언니들이 내리고 그녀와 나만 남았다. 그녀는 나를 한번 힐끗 보더니 말갛게 웃었다. 그러고는 피곤했는지 입이 찢어져라 하품을 해 댔다. 새벽 달리기와 오전 알바만으로도 피곤할 텐데 그렇게 놀이공원에서 설쳐 댔으니 졸음이 쏟아질 법도 했다.

그녀에게 시선을 거두면서 나는 눈을 감았다. 잡다한 생각이 스르륵 떠올랐다. 아까 놀이공원에서 받은 질문들이 생생하게 기억났다. 왜 나는 그 질문들에 제대로 답변하지 못했을까? 어째서 내가 사계절 중 어떤 계절을 좋아하는지, 어떤 과목을 좋아하고 싫어하는지, 핫도그를 좋아하는지 싫어하는지 모르는 걸까? 내게 이렇게 많은 질문을 해 준 사람이 있었던가? 내가 어떤 걸 좋아하고 싫어하는 사람인지 스스로에게 질문한 적이 있었던가?

문득 엄마 생각이 났다. 세상에 태어나 가장 먼저 만난 사람. 지금까지 가장 많은 시간을 함께 보낸 사람. 하지만 엄마는 내가 무엇을 좋아하고 싫어하는지 관심이 없었다. 엄마의 관심사는 오로지 나와 동생의 성적이었다. 주변 어른들 대부분이 입버릇처럼 성적 이야기를 했지만 가장 스트레스를 주는 사람은 엄마였다. 엄마는 학원에서 매달 치르는 시험 성적에 유달리 예민했다. 조금만 성적이 내려가도 불호령이 떨어졌다. 온몸을 부들부들 떨거나 얼굴에 침방울까지 튀기며 화를 내는 모습에 나는 매번 움츠러들 수밖에 없었다.

생각의 틈 사이로 갑작스레 어떤 소리가 끼어들었다. 작고 낮은 소리였지만 분명히 콧노래였다. 시간이 지날수록 점점 선명히 들렸다. 깊은 곳에서 울려 퍼지는 듯 아이의 숨결을 닮은 허밍이 오래도록 이어졌다. 나는 눈을 게슴츠레 뜨고 주변을 살폈다. 뭐지? 소리의 주인은 그녀였다. 고개를 푹 숙인 채 휴대폰 화면을 들여다보고 있는 그녀를 멀뚱히 봤다. 애절하고 슬픈 멜로디가 잠시 끊기는 사이 그녀가 깊이 숨을 들이마셨다. 나도 모르게 허밍이 이어지기를 바랐지만 그녀의 입에서 흘러나온 것은 짧은 한숨이었다.

이상한 일이었다. 그녀의 허밍을 듣자마자 마음이 아려 왔다. 어디에서도 들어 본 적 없는 낯선 멜로디였는데 왜 순간 마음이 아팠을까.

지하철역을 나와 익숙한 길에 들어섰다. 나는 걸음을 멈추며 말했다.

"오늘 고마웠습니다."

이래저래 돈을 잔뜩 쓴 그녀에게 감사 인사를 전했다.

"응, 학원 안 늦었지?"

"조금 늦는 건 괜찮아요."

"그래. 내일 보자, 민희야."

그녀가 내 이름을 다정하게 불렀다. 나는 찬찬히 그녀의 얼굴을 들여다봤다. 그녀가 빤히 나를 쳐다보고 있었다. 눈동자가 검고 진해 내 모습이 고스란히 비칠 것만 같았다. 누군가가 나를 이런 눈빛으로 바라봐 준 게 언제였더라. 기억나지 않았다. 그런 생각을 하고 있는데 그녀가 훈훈한 미소를 날리면서 크게 손을 흔들었다. 그녀가 성큼성큼 걸어가는 모습을 나는 한동안 바라봤다. 지쳐 보이는 뒷모습 때문일까. 불현듯 아까 그녀의 입에서 흘러나왔던 콧노래가 또 듣고 싶어졌다.

목요일에는 오후 2시에 만나기로 약속했다. 그녀의 오전 알바 때문에 오후에 뛰기로 한 것이다. 그런데 아침부터 하늘이 꾸무럭

거리더니 마침 1시부터 비가 내리기 시작했다. 나는 창문을 열어 젖혀 시원하게 쏟아지는 비를 보며 혼자 만세를 불렀다.

야호, 오늘 달리기는 취소구나! 금메달을 딴 선수처럼 두 팔을 번쩍 들어 올린 채 소리 없는 환호성을 지르고 있는데 카톡이 도착했다.

— 대박 예감! 비 오는 날의 달리기~ 제가 참 좋아하는데요.

헉, 비가 저렇게 내리는데도 달리자는 말? 하늘이 와르르 무너지는 청천벽력 같은 연락을 받자마자 나는 메달을 뺏긴 선수처럼 고개를 푹 꺾었다.

— 비가 많이 오는데요?

이대로 물러설 수는 없지. 두 번은 몰라도 한 번은 반항해 보자.

— 우비 입으면 돼. 없으면 빌려줄게. 우리 집으로 와.

한번 칼을 뽑았으니 휘둘러 보기라도 하자.

— 감기 걸리시면 어떡해요. 어제 무리했는지 저도 컨디션이 좋지 않아서요.

나이스! 잘했어, 권민희!

— 그럴 때일수록 달려야지. 달리고 나면 개운해질 거야. 이따 보자.

땅이 꺼져라 한숨을 푹푹 내쉬었다. 질색하는 언니들을 굳이 놀이공원으로 끌고 간 저돌적인 행동력과 황소보다 질긴 고집을 똑

똑히 알고 있다. 저 쇠고집을 내가 무슨 수로 꺾나. 실랑이할 에너지도 아깝다.

운동복 바지로 갈아입는데 오늘따라 몸이 한결 가벼운 느낌이다. 손으로 배를 살며시 만지작거렸다. 겨우 며칠 달렸을 뿐인데 뱃살이 조금 줄어든 느낌이다. 나만의 착각인가? 몸이 살짝 단단해지고 다리에 근육이 붙은 것도 같은 게 기분이 나쁘지 않았다.

늦지 않게 그녀 집에 도착했다. 현관문 근처에 비에 흠딱 젖은 우산을 내려놓고 그녀가 내민 우비를 받았다. 모자에 우비까지 야무지게 장착한 그녀는 이미 만반의 준비를 마친 상태였다.

"가 볼까?"

그 말을 신호로 우리는 비장하게 집을 나섰다. 좋다. 까짓것, 기왕 맞을 거 신나게 맞아 주지, 뭐. 우비를 입었으니 괜찮을 거, 라고 생각했지만 공원 입구까지 가는 길부터 만만치 않았다. 우비를 썼지만 세차게 내리는 빗줄기가 얼굴을 때렸고 바짓단과 운동화는 금세 흠뻑 젖었다. 그런데도 그녀는 뭐가 좋은지 정말 눈을 맞는 강아지처럼 헤헤거리며 노래를 흥얼거렸다. 참 대책 없이 긍정적이고 밝은 사람이다. 아니, 열 살 초딩과 아흔 살 노인을 왔다 갔다 하는 이상한 사람이다.

공원 입구에 도착했다. 그녀는 빗소리에 묻히지 않게 큰 소리로 말했다.

"오늘은 천천히 달리자. 미끄러운 곳 조심하고."

알았다고 대답하는데 그녀가 또 잔소리를 덧붙였다.

"운동화 끈 꽉 맸지?"

그렇다고 하자 그녀는 오케이, 읊조리다가 눈을 찡긋했다. 그러고는 앞으로 달려 나갔다. 나도 속력을 내기 시작했다.

거센 바람이 얼굴에 불어닥쳤다. 아무리 달려도 바람 때문에 속도가 붙지 않았다. 바람이 거대한 벽처럼 앞을 가로막고 서 있는 기분이었다. 마치 바람이 내게 선언하는 듯했다. 감히 오늘 같은 날 달릴 생각을 하느냐고. 눈을 치켜뜨고 안간힘을 다해 그녀의 등을 바라봤다. 궂은 날씨에도 그녀는 꿋꿋하게 나아가고 있었다. 어떤 장애물도 뚫고 나가겠다는 의지가 몸짓 하나하나에서 흘러넘쳤다. 나는 힘에 부쳤다. 장딴지를 움직여 한 발 나아가는 일도, 천근만근 무겁게 다음 한 발을 내딛는 일도 힘겹기만 했다.

빗방울이 얼굴을 타다닥 때렸다. 그러다가 돌연 눈앞이 뿌옇게 흐려지더니 낯익은 소리가 들렸다. 쿵쿵. 엄마한테 혼나거나 동생이 짓궂은 말로 놀려 대면 나는 방에 들어와 옷장에 머리를 찧었다. 쿵쿵. 어금니를 꽉 물고 천천히 머리를 뗐다가 다시 쿵. 부글부글 끓어오르던 것들이 내려갈 때까지 쿵. 내 편이 없다는 사실을 잊을 때까지 쿵. 시끄러운 속이 진정될 때까지, 다음 날 이마에 혹이 생길 때까지 쿵.

그 어디에도 나는 없었다. 집에도, 교실에도, 학원에도, 지하철에도, 거리에도, 나는 없었다. 감쪽같이 숨어 버린 나를 찾을 수 없었다. 가끔은 현관 센서 등도 나를 무시했다. 아무리 손을 휘저어도 켜지지 않다가 다른 사람이 다가오면 탁 켜지곤 했다. 다만 내가 잠깐씩 존재하는 순간은 있었다. 성적표가 나왔을 때, 설거지할 사람이 필요할 때, 친구들 돈이 떨어졌을 때, 출석을 부를 때, 명절날 얼굴도장을 찍어야 할 때. 그럴 때만 나는 간신히 존재했다. 그렇게 잠깐 모습을 드러내다 금방 투명 인간이 되어 버렸다. 그렇게 금세 사라지고 꺼져 버렸다.

그런데 지금 여기에 나는 있다. 턱까지 차오른 숨을 힘겹게 내뿜고 있는 나, 비 오듯 땀을 쏟는 나, 다리가 당기지만 포기하지 않고 뛰는 나, 끙끙대면서 오르막을 끝까지 오르는 나, 장대비를 온몸으로 맞고 있는 나.

내가 자주 사라지지 않았으면 좋겠다. 내가 나였으면 좋겠다. 사람들의 잣대에 주눅 들지 않았으면 좋겠다. 호통치는 엄마 앞에서도, 당당함이 흘러넘치는 사람 앞에서도 움츠러들지 않았으면 좋겠다. 그러면서 동시에 가끔은 나라는 사람의 틀에서 벗어났으면 좋겠다. 더 유연하고 자유로워졌으면 좋겠다. 그런 날이 올까?

"민희야."

그녀가 큰 목소리로 나를 불렀다. 앞에 서서 몇 번이나 불렀던 모양이다.

"잠깐 쉬다 가자."

자기를 따라오라고 손짓했다. 나는 눈썹에 맺힌 물방울을 훔쳐 내며 그녀에게 걸어갔다. 우리는 공원 안에 있는 미술관으로 향했다. 미술관 입구에 도착해 대충 빗방울을 털어 냈다. 우리는 물에 젖은 생쥐 꼴이었다. 내부를 더럽힐까 봐 들어가진 않고 입구에 나란히 섰다.

"민희야, 아까 무슨 생각 했어?"

"네?"

"아무리 불러도 못 듣던데."

약간 튀어나온 처마 덕분에 비를 피할 수는 있었지만 바닥에 맹렬히 떨어지는 빗방울이 운동화와 무릎에 튀어 오르는 것까지는 피할 수 없었다.

솔직히 말하고 싶었다. 달리기랑 정말 안 맞는다고. 달릴 때마다 정말 괴롭다고. 그만 달리고 싶다고. 하지만 그 말이 도저히 입 밖으로 나오지 않았다. 언제나 솔직하지 못한 인간, 사람들한테 미움받을까 전전긍긍하며 본심을 숨기기 바쁜 인간, 그렇게 하는데도 사랑보다는 미움을 더 자주 받아 온 인간, 무슨 일이 있든 도망갈 생각부터 하는 인간. 언제까지 나는 이렇게 살아야 하는 걸까. 스스로가 정말 마음에 들지 않았다. 깊은 한숨이 절로 튀어나왔다.

머리는 선명하게 기억하고 있었다. 일주일만 자기와 달리자고 말하면서 열정으로 화르르 타올랐던 그녀의 눈빛이며 몸짓 하나 하나를 말이다. 그리고 그 안에 담겨 있던 사람에 대한 믿음과 넘치는 호의까지. 다른 사람에게 이런 관심과 믿음을 받아 본 적이 없는 나로서는 그녀가 선뜻 내민 선물 꾸러미가 싫지 않았다. 당황스러우면서도 밀어내고 싶지 않았다.

"전 달리기랑 안 맞나 봐요."

"왜?"

"달리면 자꾸 잡생각이 나요. 그것도 안 좋은 기억만."

나는 작은 목소리로 중얼거리듯 말했다. 그녀가 내 말을 제대로 들었을까. 비 내리는 소리에 목소리가 묻혔을까. 어쩌면 나는 내심 그녀가 내 말을 못 들었으면 좋겠다고 바랐는지도 모르겠다. 아니면 듣고도 못 들은 척해 줬으면 좋겠다고 생각했는지도 모르겠다.

"그렇구나. 나는 달릴 때 아무 생각 안 하는데. 그게 좋아서 달리는데."

그녀가 쿨하게 대답했다.

"안 좋은 기억으로부터 도망가려면 어떻게 해야 할까요?"

나는 고개를 폭 수그리며 말했다. 내 목소리는 여전히 기어들어 갔다. 한동안의 침묵. 침묵을 빼곡히 채우는 빗소리. 그녀는 아무 대꾸도 하지 않았다.

"잘 살아야지."

한참 만에 그녀가 불쑥 말했고 나는 고개를 돌려 그녀를 잠깐 올려다봤다.

"잘 살아서 더 좋은 기억을 많이 만들면 돼. 멋지고 아름다운 추억으로 나쁜 기억을 몰아내면 돼. 우리 젊잖아. 다행히 새로운 기억을 만들 시간이 충분하잖아."

그녀의 말을 가만히 듣는 동안 나는 여전히 궁금했다. 잘 산다는 게 무슨 뜻인지, 잘 살려면 어떻게 살아야 하는지, 좋은 기억을 만든다는 게 무슨 뜻인지 궁금했다. 그러다가 문득 언니들과 함께 놀이공원에 갔던 일이 생각났다. 핫도그에 케첩을 잔뜩 뿌려 먹던 설이 언니와 우연히 주운 지갑을 안내소에 맡기고 돌아왔을 때 내 등을 두드려 준 하나 언니의 따뜻한 손길과 바이킹을 타기 전 설레어 하던 그녀의 미소가 한꺼번에 몰려들었다. 좋은 기억들이다. 생각할수록 힘이 나고 마음 깊숙한 곳이 따뜻해지는 추억들이다.

처마에서 물줄기가 끝도 없이 흘러내렸다. 비가 땅에 부딪치는 규칙적인 소리가 마음을 가라앉게 했다. 마음이 무거운 건지 평화로운 건지 헷갈렸다. 나는 멍하니 앞을 바라보며 말했다.

"달리기가 좋아요?"

"응, 무지."

"왜요?"

"힘들어서 좋아."

그녀는 잠시 쉬더니 이어 말했다.

"솔직히 빡세잖아. 근데 그게 좋아. 무겁던 짐 덩어리가 가벼워지니까."

그녀가 이야기한 짐 덩어리는 무엇일까? 지난번 옥상에서 고백했던 그 이야기일까? 그녀는 자기가 입양됐다고 말했었지. 사랑하는 가족이 친가족이 아니라는 사실을 믿을 수 없다고 했었지. 그런데 나는 그 순간 그녀가 얼마나 부러웠던지. 얼마나 가족을 사랑하는지 저릿하게 다가와서, 가족에게 담뿍 사랑받은 느낌이 물씬 나서 질투가 날 만큼 그녀가 부러웠다.

"나는 몸을 쓰는 게 좋아. 뭐든 다 직접 몸으로 겪어 보고 싶어."

그렇구나. 그녀가 얼마나 나와 다른 사람인지 조금 알겠다. 나는 몸으로 하는 일은 다 싫다. 특히 운동은 제일 싫다. 러닝 하이에 참석하기 전까지 나는 오로지 숨쉬기 운동만 했다. 대신 책을 읽거나 영화나 드라마를 보거나 침대에 드러누워 빈둥거리면서 휴대폰을 들여다보는 일을 좋아했다.

"몸이 단단해지면 마음도 단단해지더라고."

내 눈길은 꼬마 아이한테 꽂혔다. 파란 우산을 쓰고 하늘색 우비를 입은 아이가 아장아장 걸어왔다. 미술관 입구로부터 조금 떨어진 곳에 파인 웅덩이에 물이 고여 있었다. 아이는 거침없이 물웅

덩이로 걸어가 힘껏 발로 수면을 밟았다. 물이 사방으로 튀어 오르자 깔깔 웃었다. 금방 전염이 되어 버릴 것 같이 강하고 밝은 웃음이 빗소리를 뚫고 퍼져 나갔지만 마음은 계속 어지러웠다. 비 오는 날 온몸으로 비를 맞고 달리는 일은 생각보다 힘들었다. 전혀 유쾌하지 않았다.

"다시 달릴까?"

그녀가 나직하고 깨끗한 목소리로 말했다.

"오늘은 그만할래요."

나는 칙칙하고 어두운 목소리로 말했다.

"힘드니?"

아무 대답도 하지 않았다. 자꾸만 기분이 가라앉았다. 빗물에 젖은 솜처럼 몸도 마음도 몇 배로 무겁게만 느껴졌다.

"그래, 그럼. 나는 좀 더 달릴게. 공원 입구에서 만나."

몸을 돌리려는데 그녀가 내 쪽으로 한 걸음 다가왔다. 그러더니 손으로 내 우비를 단단히 동여매 줬다. 간절한 희망을 담아 기도를 올리는 사람처럼 그녀가 손에 쥔 힘이 옷을 통해 고스란히 전해졌다. 그러더니 젖은 내 등을 몇 번 토닥였다. 충분히 고생했다고, 궂은 날씨에 여기까지 따라와 줘서 대견하다고 말하는 듯했다.

그녀가 말갛게 미소 짓더니 등을 돌렸다. 점점 멀어지는 뒷모습에 와락 서운함이 밀려들었다. "그래, 그러자. 그럼 오늘은 나도 여기까지 달리지, 뭐"라고 말해 주기를 바랐던 걸까? "많이 힘드니? 실은 나도 힘들어"라고 말하며 환하게 웃어 주기를 바랐던 걸까?

뿌연 빗줄기 사이로 그녀가 점차 흐릿해졌다. 지금 그녀를 이렇게 보내면 다시는 달릴 수 없을 것 같았다. 내 다리가 빗물로 첨벙이는 땅에 뿌리박힐 것만 같았다. 나는 엄마를 잃어버린 아이가 엄마를 닮은 뒷모습을 찾아다니는 마음으로 그녀를 찾아 나섰다. 호흡을 한번 고른 뒤 다시 달려 나갔다.

비에 젖은 운동화에서 쩍쩍 물 빠지는 소리가 들렸다. 조금 달렸을 뿐인데 몸에서 열이 올랐다. 비 때문에 서늘했던 피부가 금방 후끈해졌다. 숨소리는 여전히 거칠었지만 멈추거나 쉬고 싶다는 생각은 들지 않았다. 멀리 공원 입구가 보이기 시작했고 그 옆으로 그녀를 닮은 뒷모습이 어슴푸레하게 보였다. 생각보다 금방 왔네. 얼마 남지 않았어. 조금만 힘을 내면 된다고 스스로를 달랬다. 남은 힘을 모두 짜내 발끝까지 보냈다.

몸에 묻은 빗방울을 털어 내며 그녀가 현관문을 열었다. 따뜻한 공기와 함께 푸근하고 고소한 냄새가 훅 끼쳤다. 감자수프 냄새다.

"비 맞으면서 달린 거야? 감기 들면 어쩌려고?"

낯선 사람이 나무 주걱을 한 손에 든 채 잔소리로 우리를 맞았다. 누구지?

"어, 혼자가 아니네. 안녕하세요?"

그 사람이 꾸벅 인사를 했다. 어리둥절해하는 나를 중간에 두고 그녀가 교통정리에 나섰다.

"이쪽은 준휘 오빠. 이쪽은 민희."

그 사람은 귀여운 곰돌이가 그려진 앞치마를 두르고 있었다. 그 모습을 보고 무심결에 쿡쿡 웃음이 터졌다.

"참 재주 좋아. 잘 안 웃는 앤데."

그녀가 자기 오빠를 흘겨보며 말했다.

"배고프죠? 배고프지? 얼른 씻고 와."

준휘 오빠가 상냥한 말투로 말하자 그녀는 코를 킁킁거렸다.

"수프 냄새? 오, 맛있겠다."

참, 우비만 돌려주려고 온 거지. 깜박 잊을 뻔했다. 고소한 감자 수프 냄새에 정신이 어질어질했다.

"저는 이만 가 볼게요."

물이 뚝뚝 흐르는 우비를 대충 접어 둔 뒤 나가려고 하자 준휘 오빠가 말렸다.

"먹고 가요. 하빈아, 얼른 샤워해. 그러다 둘 다 진짜 감기 걸려."

오빠가 낮고 엄한 목소리로 말했다.

"알았어. 금방 씻고 올게. 먼저 먹지 마시고."

그녀가 내 손목을 낚아채 방으로 끌고 들어갔다. 우리는 차례로 씻고 보송한 옷으로 갈아입었다. 여전히 쭈뼛쭈뼛 망설이는 나를 그녀가 식탁까지 끌고 가 앉혔다. 오빠는 해맑은 미소를 지으며 말을 건넸다.

"수프 좋아해요? 입에 맞아야 할 텐데."

"감자수프 좋아해요."

"어, 감자수프인지 어떻게 알았어요?"

그녀가 숟가락을 식탁 위에 놓으며 끼어들었다.

"오빠, 말 편히 해. 그래도 되지, 민희야?"

나는 고개를 한 번 까닥했다.

"그럴까?"

오빠는 수프가 담긴 그릇을 내 앞에 놓았다. 넙적한 그릇에서 김이 모락모락 피어올랐다. 보기만 해도 몸과 마음이 따뜻해졌다.

"잘 먹겠습니다."

인사를 하고 수프를 한 숟갈 떠서 입에 넣었다. 남매는 내 반응이 궁금한지 수프에 손도 대지 않고 나를 쳐다보고 있었다.

"맛있어요."

"맛있지?"

오빠가 의기양양한 표정을 지으며 말했다. 감자와 우유 모두 신선했다. 루의 양도 적당했고 무엇보다도 치킨스톡 향이 묵직하고 좋았다. 어떤 걸 쓰는지 물어보고 싶을 정도였다.

"이게 보기보다 간단해. 루를 만드는 게 중요한데…….."

"맞아요. 밀가루를 버터에 잘 녹여야 해요. 덩어리지지 않게요."

앗, 오빠 말을 가로막고 말았다. 얼굴이 후끈 달아올랐다. 이 바보탱이. 음식 이야기만 나오면 이성을 잃어버리는 멍청이.

"오, 민희도 요리를 좀 하는구나?"

"얘 요리 잘해. 뭐든 뚝딱이라니까."

그녀가 수프를 먹으며 잽싸게 끼어들었다.

"어떤 요리 잘해?"

오빠가 부드러운 눈길로 나를 바라보며 물었다.

"고추장찌개랑 김치부침개요."

"크아, 비 오는 날 두 요리를 같이 해서 먹으면 죽이겠다."

그녀가 막걸리를 한 사발 마신 사람처럼 추임새를 넣으면서 입맛을 다셨다. 준휘 오빠의 상냥한 목소리를 좀 더 듣고 싶은데 눈치 없이 자꾸 그녀가 끼어들었다.

"다음에 해 줄래? 꼭 먹어 보고 싶다."

준휘 오빠가 한없이 상냥한 미소를 지으며 말했다. 주책맞게 가슴이 뛰기 시작했다. 심장이 고장 난 것처럼 쿵쾅거렸다. 달리기 후유증 때문인지 오빠의 환한 웃음 때문인지 이유를 알 수 없었다. 혹시 뺨이 붉어졌을까 봐, 그걸 그녀한테 들킬까 봐 고개를 깊이 숙인 채 수프를 퍼먹는 데 집중했다.

"수프 더 있어?"

그녀가 준휘 오빠한테 그릇을 내밀었다.

"민희도 더 먹을래?"

"네, 더 주세요."

오빠는 푸근한 미소를 지으며 재빨리 일어섰다. 원래도 식욕이 좋았지만 달리기를 시작한 후로 더 좋아졌다. 달리고 나면 뭐든 맛있게 느껴지고 많이 먹게 됐다. 이러니 몸무게가 그대로지.

"많이 먹어, 민희야."

오빠가 내게 그릇을 내밀며 말했다. 오빠의 반짝이는 눈동자와 눈이 마주쳤다. 심장이 다시 제멋대로 두근거렸다.

나한테 넘어온 공

오빠와 파랑이의 눈이 잠깐 마주치더니 그 애의 볼이 발그레해
졌다. 어라, 이거 뭐지? 분위기가 뭔가 묘한데?

한동안 두 사람의 대화가 이어졌다. 주로 요리 이야기였는데 어
떤 부분은 알아들을 수가 없었다. 시즈닝이 어쩌고 레스팅이 저쩌
고 그런 이야기가 오가다가 스테이크 굽기 정도에 대한 이야기가
나왔을 때 미디엄 웰던이란 단어만 알아들었다. 물 흐르듯 졸졸
이어지는 둘의 수다를 흐뭇하게 들었다. 파랑이가 이토록 말이 많
은 아이였던가? 이토록 사람과 금방 친해지는 아이였던가? 파랑
이를 금세 무장해제 시키는 오빠의 매력에 새삼 감탄할 수밖에 없
었다.

파랑이를 데려다주고는 설이 언니가 알바를 하는 곳에 잠깐 들렀다가 집으로 향했다. 기진맥진한 몸을 이끌고 현관문을 조용히 열었다. 오빠 방에서 식구들의 말소리가 살짝 들렸다. 고양이처럼 몰래 발꿈치를 들고 걸었다. 문을 열면서 꺄악, 소리 질러야지. 모두 깜짝 놀라게 해야지. 그런 생각을 하면서 오빠 방 앞에 섰는데 오빠의 목소리 뒤로 호탕하게 웃는 엄마와 아빠의 웃음소리가 들렸다.

문틈으로 가족의 모습을 훔쳐봤다. 환하게 웃으며 쉴 새 없이 이야기를 나누는 그들은 완벽해 보였다. 그리고 더할 나위 없이 행복해 보였다. 내가 없는데도, 아니 내가 없기에 더 완전해 보였다. 혈연으로 연결된 사람끼리 알 수 있는 친밀함과 끈끈함. 내가 죽었다 깨나도 이해할 수 없는 그 뜨거운 연결 고리가 훤히 들여다보였다. 내 눈은 그 모습을 사진으로 찍어 뇌리에 새겨 넣었다. 앞으로 이 이미지가 시도 때도 없이 나를 괴롭힐 거라는 사실을 누구보다도 잘 알면서도 그렇게 했다.

가방을 멘 채 그대로 집을 나왔다. 정처 없이 발길 닿는 대로 떠돌아다녔다. 왠지 집에 들어가고 싶지 않았다. 내가 빠져도 완벽한 가족, 내가 없어도 행복한 가족을 한 번 더 본다면 견딜 수 없을 것 같았다. 그동안 이를 악물고 버텨 오던 멘탈이 와르르 무너질 것 같았다.

무작정 공원을 거닐었다. 하염없이 걷다가 다리가 아파 벤치에 주저앉았다. 무심히 내 앞을 지나치는 사람들을 바라보고 있는데 한 여자가 눈에 들어왔다. 곱슬곱슬한 머리카락, 커다란 코와 쌍꺼풀이 없는 눈, 작은 입술과 귀까지. 빼다 박은 듯 날 닮은 여자가 내 앞을 지나쳤다.

몸이 저절로 움직였다. 여자의 축 처진 어깨를 묵묵히 바라보며 따라갔다. 공원을 나와 사거리를 지나칠 때까지, 큰 사거리를 지나 여러 개의 횡단보도를 건널 때까지, 동네를 벗어나 여기가 어디인지 알 수 없는 곳에 닿을 때까지 여자를 쫓아갔다. 나는 맹목적이었다. 점점 어둑해지는 거리도, 미지의 동네를 헤매고 있다는 실감도 나를 멈추지 못했다. 여자의 축 처진 어깨와 작은 등만 보였다.

여자는 마트에 들르더니 근처에 있는 허름한 주택 안으로 쏙 들어갔다. 여자가 눈앞에서 사라지고 나서야 정신이 들었다. 여긴 어디지? 이제 어떡하지? 여자가 나올 때까지 무작정 기다려야 하나? 내일 아침까지 여자가 안 나오면?

여자가 들어간 주택 맞은편에 서서 녹슨 철문을 바라봤다. 얼마나 서 있었을까. 벽에 등을 기대고 있었지만 피곤했다. 주머니에서 휴대폰을 꺼냈다. 이미 방전된 상태였다. 지갑에는 1000원짜리 두 장이 뒹굴고 있었다. 해가 떨어지자 여름인데도 밤공기는 선듯해졌다. 피부로 서늘한 밤공기가 스며들자 느닷없이 몸이 좀 떨렸다.

판단을 내리려면 생각을 해야 하는데 아무 생각도 할 수 없었다. 오류가 뜬 컴퓨터처럼 뇌 회로가 먹통이 된 듯했다. 새벽이 밝아올 때까지 꼼짝없이 서서 여자를 기다려야 할지, 아니면 남은 돈으로 휴대폰을 급속 충전해 집으로 돌아갈 방법을 찾아야 할지 판단이 서지 않았다.

"얘야, 너 집 나왔니?"

멍한 눈빛으로 맞은편 철문만 바라보고 있는 내게 누군가 말을 걸었다. 털이 덥수룩하게 난 지팡이 할아버지였다. 빵집에 올 때마다 공짜로 비닐봉지를 달라고 아이처럼 떼를 쓰는 그 할아버지였다. 오늘따라 꼬질꼬질한 차림새에 눈살이 절로 찌푸려졌지만 목소리만큼은 웬일로 푸근했다. 나를 내버려 달라고, 그냥 상관하지 말라고 말하고 싶었지만 어쩐 일인지 목소리가 나오지 않았다. 나는 체념한 상태로 고개를 작게 주억거렸다.

"어묵이랑 라면 중에 뭘 더 좋아하나?"

할아버지가 선택한 단어에 홀려 발걸음을 옮겼다. 뜨거운 국물이 들어가면 떨리는 몸이 금방 진정될 것 같았다. 어묵이냐 라면이냐. 그 중차대하고 어려운 질문에 꼼짝없이 사로잡혀 나는 할아버지를 졸래졸래 따라갔다.

편의점에서 할아버지는 라면과 어묵을 푸짐하게 사 줬다. 내가 허겁지겁 국물을 마시는 모습을 딱하다는 눈빛으로 바라보며 할아버지는 말했다. 가끔 잠이 오지 않을 때면 먼 곳까지 산책을 나온다고. 오늘 어쩐지 옆 동네까지 가고 싶어 긴 산책을 했는데 우연히 나를 만난 거라고.

할아버지가 빵집에 올 때마다 눈살이 찌푸려졌다. 몇 푼 아끼려고 주인이랑 실랑이를 해서 공짜 비닐봉지를 받아 가는 것도 얄미웠다. 그런데 낯선 동네에서 맞닥뜨린 할아버지는 다른 사람 같았다. 무엇보다도 반가웠다.

"여기가 어디예요?"

"봉천동이다. 차비는 있냐?"

"있어요."

나는 편의점을 나서면서 할아버지한테 고개를 숙였다.

"감사합니다, 할아버지."

할아버지가 손을 대충 들어 올리며 서둘러 자리를 뜨려고 했다.

"빵집에서 보자."

마지막 말을 남긴 뒤 할아버지는 훌쩍 자리를 떴다. 내가 오전에 빵집에서 알바하는 애라는 걸 알고 말을 걸어 준 걸까? 점점 작아지는 할아버지 뒷모습을 멍하니 보다가 편의점으로 다시 들어갔다. 휴대폰을 급속 충전하고는 하나 언니한테 연락을 했다.

다행히 봉천동에서 하나 언니가 자주 들르는 도서관은 멀지 않았다. 일찍 도착해 언니를 기다렸다. 잠시 후 도서관 입구 문이 열리고 하나 언니가 나타났다. 절대 울지 않겠노라고 그렇게나 다짐했는데 언니 얼굴을 보자마자 콧등이 시큰해졌다. 나는 두 손에 얼굴을 묻은 채 그대로 쭈그려 앉았다. 언니가 내게 와락 달려들어 내 등을 쓰다듬었다.

"하빈아, 무슨 일이야?"

나는 울지 않았다. 다만 울음을 꾹 참느라 일그러진 얼굴을 언니한테 보여 주고 싶지 않았다. 언니는 내가 고개를 들 때까지 가만히 내 등을 쓰다듬기만 했다. 내가 얼굴을 들고 민망한 눈빛으로 올려다보자 언니는 따뜻하게 웃어 주었다.

공부하다가 언니가 잠깐 쉴 때 애용한다는 등나무 벤치에 나란히 앉았다. 어떤 이야기부터 꺼내야 할까. 나는 주춤대며 말을 골랐다. 작년에 입양 사실을 알게 된 이야기로 말문을 열었다. 마음이 괴로울 때마다 달린 이야기, 그러다가 러닝 하이를 알게 된 이야기, 몸을 움직이고 직접 부딪치면서 얻게 된 것들과 휴학을 결심하게 된 이야기까지.

"휴학 이야기를 꺼냈을 때 깨달았어요. 아, 내가 부모님 친딸 아닌 거 맞구나."

"어째서?"

"너무 쿨하게 그러라고 하더라고요. 만약 친딸이었으면 몽둥이를 들고 말리지 않았을까요?"

언니는 자기 다리 위에 팔꿈치를 괴며 나를 물끄러미 바라봤다.

"원래 좀 자유로운 교육관을 가지신 분들이잖아. 너나 오빠가 결정하면 반대하기보다는 존중해 주시고. 오빠가 휴학을 하겠다고 했어도 말리지 않으셨을걸?"

언니 말을 듣고 보니 그럴 것 같기도 했다. 아마 오빠가 휴학을 하겠다고 했어도 아무렇지 않게 그러라고 했을 것이다.

"모든 걸 꼬아 보기 시작하면 다 그렇게만 보여. 가만히 생각해 봐. 입양 사실을 알기 전과 후로 부모님이 너를 대하는 태도가 달라졌어? 눈빛이나 말투가 달라졌어? 아마 아닐걸?"

언니가 내 등에 조용히 손을 올렸다.

"달라진 건 하나도 없어, 하빈아. 지금 달라진 건 네 마음이야. 물론 이해해. 이분들이 내 친부모가 아니라는 사실을 받아들이고 싶지 않은 네 마음. 지금은 힘든 게 당연해. 하지만 시간이 좀 지나면 받아들이게 될 거야."

핵심을 찌른 언니의 말에 꼼짝도 할 수 없었다. 가슴이 철렁 내려앉고 숨이 턱 막혔다. 간신히 목소리가 나왔다.

"언니도 알잖아요. 저는 가족이 정말 좋아요. 그래서 이분들이……."

"알아, 알아."

나는 얼굴을 푹 떨궜다. 언니가 다시 내 등을 찬찬히 토닥였다.

"이분들이 내 친가족이면 얼마나 좋을까 싶지. 물론 하빈아, 모든 게 완벽하면 좋지. 그렇지만 그런 인생은 별로 없을 거야. 생각지 못한 일이 하나도 안 생기면 좋겠지만, 일단 벌어졌다면 나한테 공이 넘어온 거잖아? 그럼 내가 어떻게 공을 받아칠지가 결국 내 인생을 결정하는 거 아닐까? 오만상을 찌푸리고 억울해하면서 공을 넘길 수도 있고 웃으면서 즐겁게 공을 넘길 수도 있어. 선택은 네가 하는 거야."

어려운 이야기였다. 언제쯤이면 언니 말이 오롯이 이해될 수 있을까? 언제쯤이면 나에게 넘어온 공을 여유롭게 넘기는 넉넉함이 생길 수 있을까? 나 같은 덜렁이에 성격 급한 인간은 죽을 때까지 힘들지 않을까?

"지금은 부모님한테 사랑받았던 일들에 집중해 봐. 어렸을 때도 좋고 최근 것도 좋고. 찾다 보면 줄줄 나올 거야."

언니가 내 얼굴을 찬찬히 쳐다보며 말했다. 나는 언니를 마주 보며 고개를 꼬박거렸다. 언니가 자기 손을 내 손 위에 슬며시 포갰다.

"참, 그거 물어보고 싶었어. 휴학한 거 후회하진 않지?"

"네, 후회 안 해요."

"다행이다. 난 또 네가 입양 이야기 듣고 홧김에 결정한 일이면 어쩌나 싶어서."

"휴학은 오래전부터 생각한 거였어요."

"응, 그럼 다행이야."

도서관을 밝히던 불이 하나둘 꺼지기 시작했다. 도서관도 문을 닫을 시간이었다.

"오늘 시간 많이 뺏어서 죄송해요. 언니도 취업 준비하느라 힘들 텐데 이야기 들어 주셔서 고맙고요."

아까보다 좀 가라앉은 목소리로 말했다. 더 많은 말이 혀끝에 맴돌았지만 하지 않기로 했다. 이미 충분히 많은 말을 꺼냈고 그보다 더 깊은 대답을 들었다.

"무슨 소리야. 이렇게 솔직한 이야기 들려줘서 내가 고맙지."

언니의 무연한 눈빛이 나를 지그시 내려다봤다.

"언니가 하빈이보다 쬐금 더 살아 봤잖아. 그러니까 고민 있거나 힘들면 연락해. 무작정 찾아와. 실은 나도 힘들 때마다 징징거리는 언니들 있어. 내가 징징대면 그 언니들이 밥도 사 주고 술도 사 주고 빤한 이야기도 다 들어 줘. 내가 미안해하면 늘 이렇게 말해. 너도 곧 징징대는 후배가 나타날 거라고. 그럼 그 애한테 밥도 사고 술도 사라고. 오늘 밥도 술도 못 사 줬으니까 다음에 꼭 사 줄게."

"고딩한테 술 먹이려고요?"

"하하, 그런가? 그럼 딱 스무 살 되는 1월 1일은 어때?"

"콜이요. 저도 궁금하긴 해요. 제 주량이 어느 정도인지."

언니가 금세 어두운 표정을 지으며 낮게 읊조렸다.

"근데 느낌이 좀 싸하다."

"뭐가요?"

"왠지…… 너 술 완전 셀 거 같아."

그 진지한 얼굴과 목소리가 우스꽝스러워 내가 푸하하 웃어 젖혔고 언니는 순간 표정을 확 풀며 환하게 웃었다. 그러다가 양팔을 한껏 벌려 나를 안아 줬다. 나는 순하고 어린 양처럼 언니의 팔에 폭 안겼다. 따뜻한 기운이 훅 끼쳤다. 언니의 샴푸 냄새가 뭉근히 콧속에 퍼졌다.

여름의 열기가 남아 있는 밤공기 속에 모습을 드러낸 보름달을 올려다봤다. 달이 어찌나 가까이에 있던지 달의 표면을 만질 수 있을 것만 같았다. 문득 달리고 싶어졌다. 달리면 온몸이 흠뻑 젖겠지만 땀을 흘리고 나면 기분이 날아오를 테지. 자질구레한 것은 다 날아가고 단단한 중심만 느껴질 거고. 그 느낌을 나는 정말로 사랑한다. 내 머릿속을 가득 채우고 있는 쓸데없는 생각이 죄다 사라졌으면 좋겠다. 그래서 중요한 알맹이만 만져졌으면 좋겠다.

개나 줘 버려

민희

아침에 눈이 번쩍 떠졌다. 눈을 뜨자마자 준휘 오빠 얼굴이 떠올랐다. 오빠의 상냥한 목소리와 환한 웃음이 환영처럼 번갈아 나타났다. 나는 혼자 배시시 웃다가 뺨을 몇 번 두드렸다. 그런데도 자꾸 웃음이 흘러나왔다. 정신 차리자, 권민희. 고개를 세차게 저으며 일어났다.

옷장 문을 열고 몇 벌 안 되는 외출복을 훑어봤다. 살을 빼면 입으려고 쟁여 둔 원피스가 보였다. 다음에 오빠를 만날 때 이 원피스를 입을 수 있을까? 그러려면 살을 더 빼야겠지? 오늘 빡세게 달리면 살이 더 빠질까? 시간을 확인했다. 달리기에 늦지 않으려면 서둘러야 했다. 계란프라이로 대충 아점을 때우고 운동복으로 갈아입었다.

달리기는 여전히 힘들었지만 좋은 점도 꽤 있었다. 우선 불면증이 없어졌다. 잠을 깊이 못 자거나 뒤척이다가 겨우 자는 날이 많았는데 달리기를 시작한 후로는 눕기만 하면 잠이 들었다. 그러고는 중간에 한 번도 깨지 않았다. 가장 극적인 변화는 허벅지에서 일어났다. 허벅지가 약간 가늘어졌다. 며칠 만에 허벅지 살이 빠지고 다리에 근육이 붙을 줄은 몰랐다.

더 놀라운 변화는 마음에서 일어났다. 억지로 시작한 일이었지만 어쨌거나 하나의 일을 꾸준히 해내는 스스로가 대견하게 느껴졌다. 몸과 마음은 연결되어 있어 몸이 단단해지면 마음도 절로 단단해진다고 했던 그녀의 말은 사실이었다. 내심 뿌듯해하며 방을 나서는데 엄마가 나를 불렀다.

"권민희, 너 이리 와 봐."

날 선 목소리에 좋지 않은 예감이 들었다. 다리를 꼬고 소파에 앉아 있는 엄마와 멀찍이 떨어져 섰다. 엄마가 오늘 휴가라는 사실을 깜빡했다. 엄마가 일어나기 전에 움직였어야 하는데.

"너 또 어디 가? 하라는 공부는 안 하고 얘가 정말."

아무 말도 하고 싶지 않았다. 더는 엄마와 싸우고 싶지도 않았고 그럴 기운도 없었다. 그러니 얼른 용건만 간단히 말했으면 좋겠다.

"너 당장 수학 학원 그만둬."

갑자기 왜요?

"이런 점수 받으라고 비싼 학원 등록해 준 줄 알아?"

엄마 손에 들린 하얀 종이가 사정없이 펄럭였다. 엄마의 분노로. 그보다 더 오래된 나의 분노로.

"그리고 앞으로 수요일 저녁에는 집에 있지 마."

그건 또 왜요?

"당분간 민현이 수학 과외받을 거야. 선생님 오실 시간에 얼쩡대지 마."

아랫입술이 바르르 떨렸다. 내가 수학 학원을 그만둬야 하는 진짜 이유는 학원 월말 평가 점수가 아니라 동생의 수학 과외 때문이다. 어정쩡한 내 성적과 달리 처음부터 고공 행진을 보인 동생의 성적 때문이다. 동생이 엄마한테 하나밖에 없는 '우리 아들'이기 때문이다.

"얘가 왜 대답이 없어?"

엄마가 도끼눈으로 보든 말든 나는 엄마의 언짢은 얼굴을 잠시 흘겨봤다. 차라리 엄마가 매라도 들고 때려 주었으면. 차라리 대놓고 당장 집을 나가라고 고래고래 고함을 질러 줬으면.

"난 불고기보다는 제육볶음이야."

"뭐?"

모든 것에 넌더리가 났다. 짜증이 가득 섞인 목소리도, 미간을 잔뜩 찌푸린 얼굴도, 나를 노려보는 차가운 눈빛도.

"하긴, 궁금하지도 않겠지만."

현관문을 박차고 나왔다. 엄마 목소리가 뒤통수에 끈질기게 따라붙었다.

"너 더위 먹었니? 재가 왜 저래?"

아, 정말 짜증 나게. 현관문을 거칠게 닫고는 계단을 타다닥 내려갔다. 밖으로 튀어나오지 않으면 엄마랑 또 한판 할 것 같았다.

몇 달 전의 일이다. 참아 왔던 분노를 한 방에 터트렸다. 엄마는 길길이 날뛰는 나를 한심하다는 눈빛으로 쳐다봤다. 차라리 등을 철썩철썩 내리치거나 세게 뒤통수를 휘갈겼다면 덜 비참했을 거다. 대신 엄마는 외출 금지와 다이어트 식단 일주일을 벌로 내렸다. 외출 금지 정도야 누워서 껌 씹기였지만 후자는 아니었다. 쥐 눈물만큼 적은 양의 고구마를 며칠 내내 먹다 보니 정신이 어질어질했다. 세상 살맛이 뚝 떨어졌다.

가끔 엄마는 술에 잔뜩 취해 내 방문을 벌컥 열었다. 바닥에 퍼질러 앉아 별별 이야기를 다 했다. 아빠 욕도 했고 상사 욕도 했고 시댁 욕도 했다. 방 안 가득 술 냄새와 함께 엄마가 남겨 놓고 간 험담이 쌓여 다음 날까지 지독한 냄새를 풍겼다.

중학생이 되고 얼마 후 조심스럽게 말을 꺼냈다. 술 먹고 내 방에 와서 이런 이야기 한 거 아니냐고. 엄마는 기억이 잘 나지 않는다는 듯이 고개를 갸웃거렸다. 그러더니 "내가 그랬나?"라고 별일 아닌 듯 말했다. 나는 용기를 짜내 본론을 말했다. 엄마 힘든 건 알지만 술 먹고 사람들 욕하는 거 안 했으면 좋겠다고. 들어주는 나도 힘들다고.

그랬더니 엄마는 서운함이 가득 묻은 목소리로 투덜댔다.

"내가 너 아니면 누구한테 그런 말을 하니?"

엄마의 눈꺼풀이 파르르 떨렸고 나는 좀 당황했다.

"민현이나 친구들한테 하면 되잖아요."

"민현인 남자앤데 내 마음을 이해하겠어? 딸이 편하지."

"그래도⋯⋯."

나는 우물쭈물 말을 흐릴 수밖에 없었다. 딱 한 번이라도 좋으니 엄마한테 민희이고 싶다. 하지만 엄마한테 나는 언제나 그냥 '딸' 일 뿐이다. 퇴근 후 피곤한 몸을 이끌고 들어오는 자신을 대신해 야무지게 살림을 해 놓고 있어야 하는 딸. 속상한 일을 이야기하면 무조건 들어 줘야 하는 딸. 어떤 일이 있어도 동생한테 양보해야 하는 딸. 그러면서 공부도 잘해야 하는 딸. 그런데 아들보다 잘하는 것까지는 바라지 않는 딸. 이런 게 딸이라면 개나 줘 버렸으면 좋겠다.

공원 정문에서 기다리고 있던 그녀가 손을 높이 쳐들더니 반갑게 흔들었다. 나도 손을 척 올려 답인사를 했다. 엄마와 싸운 티를 내지 않겠노라 다짐했지만 자신은 없었다. 마음속에서 무언가 알 수 없는 감정이 부글부글 끓어오르고 있었다. 첫 짐작대로 눈치 없는 사람이기를 바라며 그녀가 서 있는 곳으로 성큼성큼 걸었다.

햇살이 뜨거웠다. 정수리가 지글지글 타는 듯했다. 내 머리만 내리쬐는 듯한 쨍한 태양이 아니꼬웠다. 아랫입술을 잘근잘근 깨물며 가벼운 스트레칭을 했다. 스트레칭을 마친 그녀가 먼저 뛰기 시작했다. 나도 목과 팔을 크게 돌려 몸을 푼 다음 달리기 시작했다.

미술관까지 이어지는 길에 야트막한 언덕 하나가 있는 좋은 코스였다. 언덕이 가파르지 않으면서 미술관이 나타나기 전에 작은 호수까지 덤으로 볼 수 있는 길이다. 하지만 아무 풍경도 눈에 들어오지 않았다. 차갑기 그지없는 엄마의 눈초리가 자꾸 눈앞에 어른거렸다. 메마르기 짝이 없는 냉정한 목소리가 귓가에 울려 퍼졌다. 그것들을 떨쳐 내려고 고개를 세차게 저어 댔다.

발바닥이 지면을 단단히 차고 나간다. 공기가 부드럽게 내 안으로 들어와 온몸으로 퍼져 나간다. 그렇게 나는 앞으로 나아가고 있다. 속도가 빠르지도, 달리는 포즈가 멋있지도 않지만 적어도 뒷걸음질 치고 있지는 않다. 잠시도 멈춰 있지 않고 한 걸음씩 죽죽 전진한다.

신기하게도 달리는 모습을 보면 지금 그 사람이 어떤 상태인지, 어떤 마음가짐을 하고 있는지 알 수 있다. 오늘따라 그녀는 마음이 좀 복잡해 보였다. 전혀 내색하지 않는 사람이라 무슨 일 때문인지 알 수 없었지만 어제보다 몸이 좀 무거워 보인다고나 할까. 무슨 일인지 집으로 돌아가는 길에 물어볼까? 그래 봤자 별일 아니라는 듯 실실 웃기나 하겠지? 그녀의 눈에도 내 복잡한 마음이 훤히 보일까 봐 다부지게 이를 물고 힘차게 팔을 앞뒤로 움직였다.

오르막길이 보여 속도를 냈다. 오르기 전부터 속도를 내 두면 쉽게 올라갈 수 있다. 누가 알려 주지 않아도 몸이 저절로 알고 있는 것들이 있었다. 움직이고 몸을 쓰는 동안 저절로 터득하게 되는 것들. 거칠게 숨을 내쉬며 헐레벌떡 오르막을 단숨에 올랐다.

미술관을 기점으로 우리는 다시 정문 쪽으로 되돌아갔다. 제법 달리기에 익숙해진 내가 그녀 뒤를 바짝 좇았다. 첫날과 비교하면 엄청난 발전이었다. 그녀가 정문으로 향하던 행로를 살짝 꺾어 작은 오솔길로 들어섰다. 밤나무와 소나무가 모습을 드러냈다. 공원 안쪽에 심긴 나무 뒤편으로 파릇파릇한 잔디가 이어졌다. 잔디 위를 나긋나긋하게 걷고 있는 새 한 마리가 눈에 들어왔다.

"새다."

그녀가 외치며 속도를 줄였다. 나도 덩달아 속도를 확 줄였다.

"꿩인가?"

그녀의 말에 찬찬히 새를 들여다보니 꿩이 맞았다. 공원에서 참새, 까치, 까마귀, 비둘기는 자주 봤지만 꿩은 처음이었다.

"우아하다."

그녀가 감탄하며 말했다. 수꿩인지 암꿩인지 알 수 없지만 꼿꼿한 자세로 잔디를 거니는 모습이 고혹적이고 존엄해 보였다.

"잠깐 앉았다 갈까?"

그녀가 물었고 나는 고개를 끄덕였다. 우리는 꿩이 보이는 근처 벤치에 나란히 앉았다. 얼굴과 목덜미에서 쉴 새 없이 땀이 흘렀다. 가만히 앉아 있어도 땀이 줄줄 흐를 정도로 정말 후텁지근한 날씨였다. 그래도 땀을 흘린 덕분인지 아까보다는 기분이 한결 나았다. 손등으로 땀을 훔쳐 내며 가만히 앉아 있었다. 다행히 벤치가 그늘에 있어서 간간이 불어오는 바람이 고스란히 피부로 느껴졌다.

"민희야, 내일 러닝 하이 나올 거니?"

"모르겠어요."

너는 할 줄 아는 말이 그거밖에 없니? 이렇게 물어도 모르겠어요, 저렇게 물어도 모르겠어요. 인공지능 로봇이 너보다는 창의적이겠다.

"꼭 나와. 우리 앞으로 러닝 하이에서 보자."

"아, 그럼……"

그녀가 재빨리 내 말을 가로챘다.

"달리기 과외는 오늘로 끝이란 거지. 좋지?"

좋았다. 더는 뜨거운 오후에 땀을 뻘뻘 흘리면서 달리지 않아도 된다. 나이 많은 꼰대처럼 잔소리를 해 대는 그녀를 만나지 않아도 된다. 놀이공원에 가자는 둥, 알바하는 가게에 놀러 오라는 둥 사사건건 귀찮게 하는 그녀의 응석을 받아 주지 않아도 된다. 그런데 마음 한구석에서 몽글몽글 피어오르는 이 감정은 뭘까. 아쉬움일까, 고마움일까? 단순한 후련함일까?

일주일 더 달린다면 옷장 안에 고이 모셔 둔 원피스를 입을 정도로 살이 빠질 것 같은데. 그렇다고 이 땡볕 아래를 혼자서 달릴 자신은 없는데. 혼자 무언가를 해 본 적이 단 한 번도 없는데. 누군가의 뒷모습을 바라보며 달리는 일에 너무 익숙해져 버렸는데. 다시 듣고 싶은 그녀의 허밍을 아직 못 들었는데…….

나는 운동화 앞코로 바닥을 쓸며 잠자코 다음 말을 기다렸다. 어쩐지 그녀에게 할 말이 남아 있을 것 같았기 때문이다. 하지만 그녀는 더는 입을 열지 않았다.

어떤 말을 기대했던 걸까. 그동안 수고했다거나 잘 따라와 줘서 고맙다거나 하는 말을 듣고 싶었던 걸까. 정작 고마워할 사람은 그녀가 아니라 나인데도? 그걸 알면서도 도저히 고맙다는 말이 입 밖으로 나오지 않았다.

시원한 바람 한 줄기가 간절했지만 야속하게도 해만 쨍했다.

"다시 달릴까요?"

내 말에 그녀가 아이처럼 해맑게 깔깔거렸다.

"오늘 컨디션 죽이는데?"

우리는 거의 동시에 일어났다. 잠깐 서로를 마주 보았고 으레 그러듯 그녀가 한쪽 눈을 찡긋 감았다. 그걸 신호로 우리는 다시 달려 나갔다.

내리막길을 지나 10분 정도 평평한 길을 달렸다. 멀리서 정문 입구가 작은 점으로 보이기 시작했다. 거의 다 왔구나, 그렇게 방심하는 순간 앞으로 고꾸라졌다.

"민희야!"

꽤 앞서 나가던 그녀가 쿵, 하는 묵직한 소리를 듣고 고맙게도 뒤를 돌아본 모양이다. 바닥에 민망하게 엎어져 있는 나를 발견하고 내 쪽으로 달려왔다. 괜찮다고 제스처를 보내고 싶지만 몸을 옴짝달싹할 수 없었다.

"괜찮아?"

괜찮지 않았다. 무릎이 깨졌다. 턱이 화끈거렸다. 손목이 살짝 꺾이고 바닥에 쓸린 살갗이 불에 타는 듯이 아팠다.

"조심 좀 하지."

마지막 달리기 과외의 피날레 구간. 긴장이 풀렸던 걸까.

"으구, 내가 달리기 전에 운동화 끈 확인하라고 몇 번이나 말했잖아."

몰랐다. 끈이 풀어진 줄도 몰랐고 사람이 바닥에 엎어져 있는 데
도 그녀가 잔소리를 쏟아부을 줄도 몰랐다.

"일어날 수 있겠어?"

정말이지 일어날 기운이 없었지만 잔소리 폭격을 더는 듣고 싶
지 않아 상체를 일으켰다. 두 손으로 바닥을 짚고 일어나는데 그
녀의 입에서 비명이 터져 나왔다.

"왜요?"

"휴지 없지? 턱에서 피 많이 나."

그녀가 어쩔 줄 몰라 해서 나도 덩달아 놀랐다. 피가 많이 난다
고? 충격 때문인지 아무 감각이 없었다. 그녀의 부축을 받으며 간
신히 일어섰다. 그녀가 꽉 잠긴 목소리로 공원 관리실이나 의료실
에 가자고 했지만 가까운 화장실에도 못 갈 판이었다. 내 팔이 그
녀의 목을 감싸고 그녀의 팔이 내 몸을 부축했지만 절뚝이는 걸음
으로 먼 거리는 무리였다.

"민희야, 아무래도 가족한테 연락하는 게 좋겠어."

"걸을 수 있어요."

"어머님한테 연락하자."

"싫어요."

"왜, 어머님 직장 다니시니?"

땀에 함초롬히 젖은 그녀를 바라보며 나는 얼굴에서 흘러내리

는 땀을 내버려 뒀다.

"그럼 준휘 오빠한테 연락하자."

"입구까지만 같이 가 주세요. 택시 타면 돼요."

이 꼴을 준휘 오빠한테 보일 수는 없다. 살짝 접질린 오른발을 질질 끌면서 걸었다. 기다란 나뭇가지라도 있다면 그녀의 도움 없이 혼자서도 걸을 수 있을 것 같았다.

"당장 병원에 가는 게 좋겠어, 민희야. 어머님 번호가⋯⋯"

나는 무참히 그녀의 말을 잘랐다.

"못 들었어요? 싫다고요!"

빽 소리를 질렀다. 내 안에서 튀어나왔다는 게 믿기지 않을 정도로 날카로운 소리였다. 신경질적인 소리에 그녀도 나만큼 놀란 듯했다.

"고분고분 따라 주니까 내가 만만해요? 몇 살 어리다고 무시하는 거예요, 지금?"

발끝에서 무거운 감정이 솟구쳤다. 오랜 시간 단단히 뭉쳐진 분노가 이글이글 타올랐다. 분노의 원인이 그녀가 아니라는 것은 하늘과 땅이 알고 내가 아는데도 지금 나는 그녀에게 분노를 퍼붓고 있었다. 내 앞에 있는 사람이 그녀라는 이유만으로.

"그게 무슨 소리야. 이건 싫고 좋음의 문제가 아니야. 너 다쳤다고 지금."

"그만 좀 해요. 대체 무슨 자격으로 내 인생에 이래라저래라 해요? 그런다고 내가 달라질 것 같아요? 내 몸에 붙은 살덩이들이 빠질 것 같아요?"

"민희야……."

그녀의 휘둥그레진 두 눈에 내 모습이 반사될까 봐 두려웠다. 화를 내느라 괴물처럼 일그러졌을 얼굴이 그녀의 머릿속에 오래 기억될까 봐 무서웠다. 나는 그녀를 바라보지 않은 채 허공에 대고 말했다.

"모든 사람이 다 날씬하고 잘 달릴 수 있는 건 아니에요. 모든 사람이 다 대책 없이 밝을 수 있는 것도 아니고요. 그러니까 더는 강요하지 마요. 모두가 자기처럼 되도록 밀어붙이는 거, 폭력이에요."

그녀를 뒤로하고 나는 발을 질질 끌며 걸었다. 호수 끄트머리에 도착했을 때 절뚝이며 걸어가는 나를 딱히 보던 아주머니가 말없이 다가와 내 몸을 부축했다. 나는 고개를 크게 꾸벅이며 아주머니의 손길을 받아들였다.

내가 던진 폭탄을 받고 그녀의 표정이 어땠을지 알 것 같기도 했고 전혀 짐작이 가지 않기도 했다. 어떻게 그런 말을 할 수 있었을까. 그녀가 어떤 마음으로 나를 도왔는지, 나를 바라봐 주었는지 누구보다도 잘 알면서 어떻게 그런 모진 말을 입 밖으로 뱉을 수 있었을까. 주는 거 하나 없이 받기만 했으면서, 함께 달린 시간을 사소한 것까지 모두 기억하고 싶어 하면서 어째서 그녀에게 험한 말을 쏟아 냈을까.

어째서 그녀의 손길보다 이 낯선 아주머니의 손길에 더 편안함을 느꼈을까. 여름의 햇살을 닮은 그녀의 미소와 그 미소에 흘러넘치는 자신감이 돌연 부러웠던 순간부터, 그녀가 피 한 방울 섞이지 않은 가족으로부터 충만한 사랑을 받고 자랐다는 사실을 안 순간부터, 그녀의 오빠가 세상에서 가장 따뜻한 눈빛으로 그녀를 바라보는 것을 본 순간부터 그녀가 미웠는지도 모르겠다. 그녀가 나와 너무 다른 사람이라서, 환하게 웃을 때 그 미소가 너무 맑아서 나도 모르게 부러워하고 그 부러움이 도를 넘어 질투심이 되었는지도 모르겠다.

어떻게 집까지 왔는지 모르겠다. 기억이 드문드문 끊겨 있었다. 형광등을 끄고 눈을 감았다. 한 손을 이마에 올린 채 침대에 누웠다. 컴컴한 어둠이 몰려들었으면 좋겠다. 커튼 사이로 빛이 들어오지 않았으면 좋겠다. 눈을 감으면 이대로 세상에서 사라졌으면 좋겠다. 아무도 모르게 태어나기 직전으로 돌아갔으면 좋겠다. 그렇게 텅 빈 곳으로, 아무것도 아닌 존재로 돌아가고 싶다. 내가 세상에 태어난 적 없는 곳으로. 민희라는 이름으로 불린 적 없는 세상으로.

네 잘못이 아니야

금요일에는 마포대교를 지킨다. 비가 오나 눈이 오나 미세먼지가 심하거나 말거나 대교를 찾아간다. 마포대교의 길이는 1킬로미터가 훌쩍 넘는다. 걸어서 20분에서 25분 정도 걸린다. 대교를 걷다가 민희를 만난 곳으로 걸어갔다. 그곳에 가만히 서서 강줄기를 내려다봤다. 민희는 지금 무슨 생각을 하고 있을까? 비련의 여주인공처럼 계속 울고만 있는 건 아니겠지?

다리 위에서 바라본 도시의 풍경은 한 폭의 그림 같다. 그림처럼 아름답기도 하지만 그림처럼 풍경이 비슷하다는 뜻이기도 하다. 대교의 어느 곳에서 도시를 바라보든 비슷비슷한 풍경이 펼쳐진다. 그나마 한강 위로 석양이 지는 풍경은 볼만하다. 신비롭고 마음이 푸근해진다. 살짝 슬플 때도 있다. 어째서 노을은 저런 빛깔로 물들까. 하늘 위에서 작열했던 태양은 붉지 않고, 주홍빛도 아니고, 노랗지도 않은데 어째서 노을은 저렇게 은은하게 빛을 낼까. 노을을 보고 있으니 또 민희 생각이 났다. 내 아지트에서 민희와 함께 본 그날의 노을 빛깔이 저절로 떠올랐다.

가로등에 불이 켜졌다. 대교 끝에서 한 사람이 걸어왔다. 남자는 좀비처럼 어기적어기적 걸어오더니 속도를 줄여 대교 난간에 적힌 문구를 흘끔거렸다. 느낌이 좋지 않았다. 나는 SOS 생명의 전화 위치를 확인하고 남자 쪽으로 다가갔다.

남자는 다리 중앙에 멈춰 섰다. 어둠이 들어찬 한강을 집요하게 응시했다. 내가 가까이 다가가자 남자는 고개를 홱 돌렸다. 두 눈동자가 퀭했다. 순간 남자는 날카로운 눈초리로 나를 쏘아봤다. 도둑을 만난 사람처럼 긴장하는 기색이 역력했다.

"안녕하세요."

남자는 대답하지 않았다. 내가 어른이 아니라는 사실을 알아채서일까. 남자는 금세 긴장을 풀고 나를 투명 인간 취급했다. 입술을 굳게 다물고는 두 손으로 난간을 잡았다. 눈을 크게 부릅뜨며 하늘을 잠시 노려보더니 끙, 하고 힘을 줬다. 남자는 단숨에 난간 위로 올라갔다.

"아저씨, 잠깐만요!"

나는 남자의 발목을 붙들었지만 꿈쩍도 하지 않았다. 남자는 두 발로 난간 위에 위태롭게 섰다. 잠시 몸의 중심이 흔들리는 듯싶더니 금방 무게중심을 잡았다.

"뛰어내리면 비상벨 누를 거예요. 벨 누르면 구급차 오는 데 몇 분도 안 걸려요. 그러니까 내려오세요."

남자는 키가 컸고 재빨랐다. 남자가 발끝을 털어 내 손길을 뿌리쳤다. 남자는 난간 위에 설치된 펜스를 넘고 금방이라도 뛰어내릴 것처럼 한강을 바라봤다. 무슨 말이라도 해야만 했다. 비명이라도 질러야 했다. 하지만 입은 얼어붙은 지 오래였다.

"저기요, 아저씨!"

나는 간신히 외쳤다. 내 목소리를 들은 남자가 나를 내려다봤다. 그건 처음 보는 눈빛이었다. 분노와 체념, 후회와 미련, 자책과 원망이 모조리 섞여 있는 눈빛. 모든 것이 뒤섞여 있어 묘하게도 어떤 감정도 느낄 수 없는 눈빛.

"세상 참 좆같아."

남자는 그 말을 남기고는 발로 힘껏 난간을 밀어 뛰어내렸다. 나는 숨도 쉬지 않고 달렸다. 생명의 전화가 그렇게 멀게 느껴진 것은 처음이었다. 떨리는 손으로 빨간 버튼을 눌렀다.

신고를 하고 다시 남자가 있던 곳으로 달려갔다. 남자가 빠진 곳을 내려다봤다. 밤이었고 대교의 조명은 너무 환했다. 그래서 대교 아래

흐르고 있는 강물의 상태나 사람의 움직임은 잘 보이지 않았다.

"제발, 제발."

나는 계속 중얼거렸다. 휴대폰 시계로 시간을 확인했다. 몇 분 안에 수난구조선이 뜨고 사람들이 몰려들 거다. 남자를 구조할 수 있을 거다. 온몸이 땀범벅이 되었다. 5분이 지났다. 무심히 흐르는 강의 물결이 원망스러웠다. 가만히 있을 수 없어 제자리에서 발을 동동 굴렀다. 6분. 한강 수난구조대의 구조선이 떴다. 8분. 구급차 소리가 들렸다.

빠르게 대교를 내려갔다. 위에서는 아무것도 보이지 않아 답답했다. 남자가 구출되는 모습을 보고 싶어 둔치로 내려갔다. 수난구조선이 가까이 보이자 안도감이 들었다. 남자가 곧 구출되리란 믿음을 품고 출동한 구급대원들이 서 있는 곳으로 달려갔다.

"어떻게 됐어요?"

나는 가장 가까이에 서 있는 구급대원에게 물었다.

"네가 신고했니?"

거칠게 숨을 몰아쉬며 고개를 끄덕였다.

"구할 수 있는 거죠?"

"글쎄다."

"구조선이 5분 안에 오지 않았어요. 왜죠?"

나도 모르게 약간 따지는 듯한 말투로 물었다.

"다른 대교에도 투신한 사람이 있었거든. 그 대교가 좀 멀어서 출동이 늦었대."

그랬다. 한강에는 마포대교를 빼고도 스무 개가 넘는 다리가 있다. 마포대교 하나를 지킨다고 달라지는 건 없다. 그 많은 대교에서 투신하는 사람들을 다 막을 수는 없다. 아니, 오늘처럼 마포대교에서 뛰어내리는 사람도 막을 수 없다. 나는 남자를 설득하지 못했다. 오빠와 약속했지만 아무것도 지켜 내지 못했다. 다리에 힘이 풀려 그대로 바닥에 주저앉았다. 짙은 어둠이 밀려들었다. 수색이 계속됐지만 남자를 구했다는 소식은 들리지 않았다.

아까 대화를 나눴던 구급대원이 다가왔다. 가지고 온 담요를 내 어깨에 내려놓고 잠시 내 곁에 서 있었다.

"어떻게 됐어요?"

"힘들 것 같아. 구조선이 더 빨리 왔어야 했는데."

그는 무거운 얼굴로 두 손을 꽉 마주 잡았다.

"학생 이야기 들은 적 있어. 대교에 CCTV 설치돼 있고 수난구조대 대원들이 잘 관찰하고 있으니 고생스럽게 안 와도 돼."

나를 배려한 말이었는데 어쩐지 서운하게 들렸다. 수난구조대 대원들은 철수를 준비했다. 어깨 위에 놓인 담요 끝을 한 손으로 움켜쥐며 하염없이 흘러가는 한강을 멍하니 바라봤다. 주머니에서 휴대폰을 꺼냈다.

"오빠. 나 좀 데리러 와 줘."

나는 무릎을 구부렸다. 무릎 위에 얼굴을 묻고 두 눈을 감았다. 바닥이 차가웠지만 움직일 힘이 없었다.

버스 안은 시끄러웠다. 운전기사 아저씨가 틀어 놓은 라디오에서 댄스음악이 흘러나왔다. 엉덩이가 들썩거릴 정도로 신나는 음악을 듣고 있으니 방금 겪은 일이 꿈처럼 느껴졌다. 오빠와 나는 아무 말도 하지 않았다. 어떤 말을 하든 빠른 비트의 음악에 뒤덮여 별일 아니게 느껴질 것 같았다.

버스에서 내려 집까지 걸었다. 다행히 밤공기가 시원했다.

"오빠."

"응?"

"예전에 오빠가 이런 이야기를 들려줬어. 인도에서는 일곱 살밖에 안 된 아이들이 굶주림을 못 참고 길거리 쓰레기를 주워 먹는다고. 부모가 집을 떠나 기차역 바닥이나 의자 위에서 잠을 자는 아이들이 수천 명이라고. 그런데 어른들은 아무 관심도 없다고. 굶주리는 애들이 너무 많으니까."

오빠의 걸음이 좀 느려졌다.

"이런 이야기도 했었지. 프놈펜에서는 쓰레기 매립장 근처에 사는 빈민들이 있다고. 대나무로 얼기설기 만든 집 바로 옆에 축사가 있고 아이들은 놀다가 쓰레기 더미에 빠져 죽기도 한다고. 악취를 없애려고 쓰레기에 항상 불을 붙이기 때문에 언제나 화재 위험이 도사리고 매캐한 연기가 피어오르는데도 아이들은 밝게 웃기도 한다고."

오빠는 말없이 내 말에 귀 기울였다.

"나는 그런 이야기를 들을 때마다 생각했어. 내가 만약 인도나 캄보디아로 입양됐다면, 그래서 길거리에 버려진 쓰레기들을 먹고 살거나 쓰레기 더미 위에서 자야 하는 삶을 살아야 했다면, 나는 그걸 견딜 수 있었을까? 그 아이들처럼 밝게 웃을 수 있었을까?"

"하빈아."

"나도 알아. 한국 아이가 인도나 캄보디아로 입양되는 경우는 없다는 거. 근데 한번 생각을 시작하면 꼬리에 꼬리를 물고 이어져서 멈출 수가 없었어. 엄마 아빠가 아닌 다른 사람에게 입양되었다면 어땠을까? 내가 이런 모습으로 자랄 수 있었을까? 엄마 아빠보다 더 멋진 부모가 이 세상에 있기는 할까? 내가 이런 걸 누려도 될까? 내 마음에는 빚이 있어. 엄마 아빠에게, 오빠에게 그리고 이런 가족을 만나게 해 준 이 세상에 큰 빚을 지고 사는 것 같아. 그래서 가만히 있을 수가 없었어."

오빠는 걸음을 멈추었다. 내 팔을 살며시 잡고 나를 돌려세웠다.

"빚이라니. 무슨 바보 같은 소리야. 넌 그냥 우리 가족이야."

오빠를 닮고 싶었다. 내 속에 웅크린 못나고 모가 난 모습은 숨기고 싶었다. 활달하고 밝은 모습만 드러내고 싶었다. 오빠처럼 세상을 좋게 만들려고 노력하는 사람이 되려고 애썼다. 오빠처럼 훌륭해지면, 내가 더 착해지면 그들의 '진짜' 가족이 될 수 있을 거라고 생각했다. 그렇게 되면 내가 입양되었다는 사실을 말끔히 지울 수 있을 거라 생각했다.

"더 노력해야 한다고 생각했어. 오빠처럼 뼛속까지 좋은 사람이 되고 싶었거든. 근데 나는 좋은 사람이 아니거든. 엄마 아빠를 따라가려면 아직 한참 멀었거든. 그러니까 더 애써야 하는 건데, 그게 맞는 건데……."

눈물 한 방울이 툭 떨어졌다.

"힘들어."

오빠가 내 머리를 부드러운 손길로 쓰다듬었다.

"힘들면 그만해도 돼."

오빠가 그윽한 눈길로 나를 보며 말했다.

"네 말 무슨 뜻인지 알겠어. 그런데 네가 좋아서 하는 게 아니라면 난 반대야."

나는 머리를 아래로 떨구고 작은 목소리로 말했다.

"방금 대교에서 한 사람이 죽었어."

"많이 놀랐겠다."

"그 사람이 떨어지기 전에 뭐든 해야만 했는데 입이 떨어지지 않았어. 그 사람의 단호한 몸짓이 나한테 말했거든. 정말 죽고 싶다고. 그 사람이 뛰어내리자마자 나는 온 힘을 다해 뛰었어. 신고 전화를 하면 구할 수 있을 거라고 믿었어. 여름이니까. 수온이 낮지 않으니까. 구조대가 금방 올 거니까. 그렇게 사람을 구한 적이 있으니까. 그런데…… 구하지 못했어."

오빠가 나직하게 속삭였다.

"하빈아, 네 잘못이 아니야."

오빠가 내 뺨을 타고 흐르는 눈물을 손등으로 닦아 주었다.

"네 탓이 아니야. 넌 네가 할 수 있는 최선을 다한 거야."

오빠 목소리는 그 어느 때보다 따뜻했다. 오빠는 주머니를 뒤적여 찾은 휴지를 내밀었다. 그 휴지로 눈가를 문질러 닦았다. 크게 숨을 한 번 들이마셨다. 더는 울고 싶지 않았다.

오빠는 국제학과에 진학했다. 국제 정세를 분석하고 지식을 쌓아 국제기구에서 일하고 싶다고 했다. 가난과 기아의 근본적인 원인을 찾고 물이 부족한 국가를 체계적으로 돕고 싶다고 했다. 오빠는 천성적으로 밝은 사람이다. 몸과 마음이 건강하다. 나와 남의 구분이 없다. 무언가를 소유하는 데 관심이 아예 없다. 길거리에 쓰레기가 있으면 말없이 줍는다. 어렸을 때부터 용돈을 조금씩 모아 수술이 필요한 아이들에게 기부했다. 언제나 물을 아껴 썼다. 그런 오빠를 닮고 싶었다. 그래서 오빠가 하는 일을 무작정 따라했다.

오빠와 달리 나는 세상에 좋은 일을 한다는 자부심 하나로 여기까지 왔다. 좋은 일을 하면 그만큼 오빠를 닮을 수 있을 거라는 믿음 하나로 버텨 왔다. 가족한테 인정을 받고 싶은 마음이 컸다. 내 마음이 즐거워서 시작한 일들은 아니었다. 그렇지만 민희한테 함께 달리는 일을 제안한 건 순수한 마음이었다. 누군가한테 칭찬받고 싶어 시작한 일이 아니었다. 민희와 함께 달리는 일은 즐거웠다. 그런데 그 애한테 그 시간이 폭력적으로 느껴졌다니.

"감자수프 해 줄까?"

"다른 수프는 안 돼? 감자수프만 할 줄 아는 건 아니지?"

"말만 해. 다 가능하니까."

오빠가 흐뭇한 미소를 지으며 내 머리를 다시 쓰다듬었다. 오빠가 다시 걸었고 나도 오빠를 따라 걷기 시작했다. 아까까지 몸을 감싸던 긴장이 조금 가시는 듯했다. 울적하고 참담했던 마음은 어느새 풀어졌다.

설이 언니가 알바를 하는 카페에 들렀다. 의자에 몸을 완전히 파묻고 한숨을 푹푹 내뿜었다. 마감을 하느라 바쁠 텐데 언니는 나까지 신경 쓰느라 정신이 없었다.

"너, 밤에 커피 마시니?"

"괜찮다니까요."

"커피 마셔도 잘 자는 거지?"

언니는 하얀 휘핑크림이 듬뿍 얹어진 커피를 내밀며 곧 끝나니까 조금만 기다리라고 했다. 이름도 어려운 아인슈페너인가 아인슈팬인가 하는 커피를 야금야금 마셨다. 휘핑크림과 함께 입 속으로 흘러 들어온 커피는 달콤했다.

"무슨 일인지 빨리 까 봐."

앉자마자 언니는 본론을 요구했다. 언니 스타일 잘 아니까. 나도 단도직입적으로 말을 꺼냈다.

"민희랑 한판 했어요."

"뭐? 그 얌전한 애를 어떻게 들쑤셨길래?"

"흠, 저도 무척 얌전한 애인 줄 알았는데 아니던데요?"

평소처럼 밝게 헤헤거리고 싶었지만 웃음이 쏙 들어갔다. 주체할 수 없는 화로 일그러졌던 민희 얼굴과 그 애가 남긴 말이 생생히 떠올라 마음이 화끈거렸다. 언니는 얼음만 남은 유리컵을 날름 들고 마셨다.

"언니, 사는 건 왜 이렇게 엿 같아요?"

얼음을 아작아작 씹어 먹더니 언니가 넌지시 미소를 지었다.

"내가 전 여사께 물어본 적이 있지."

"전 여사요?"

"우리 엄마."

나는 고개를 크게 끄덕이고 언니의 다음 말을 기다렸다.

"내가 딱 네 나이였을 때, 공부 열심히 했지. 다들 좋은 대학에 가야 한다고 떠들었고 그 말을 믿은 척했어. 근데 대학에 들어가자마자 난관에 봉착했어. 난 장거리 통학러였거든. 들어 본 적 있나?"

나는 고개를 좌우로 흔들었다.

"왕복 다섯 시간, 무려 하루의 사 분의 일이나 되는 시간을 통학에 쓰는 거야. 기숙사 경쟁은 치열해, 자취할 돈은 없어, 별 수 있나. 꼬박 4년을 콩나물시루 같은 지옥철에서 보냈어. 강의실 도착하기 전에 의욕도 에너지도 바닥이야. 과 술자리나 동아리 미팅에 가도 금방 일어나야 해. 막차가 끊기면 안 되니까. 가끔은 똥도 참아. 정말 초인적인 힘으로 말이지."

언니가 다시 컵을 들고 얼음을 와드득 씹어 삼켰다.

"졸업하면 고생 끝인 줄 알았지. 웬걸. 취준생이 돼 보니까 더 빡세. 아주 캄캄한 터널이야. 아무것도 안 보여. 뭐가 보여야 앞으로 걸어갈 거 아니냐고. 아, 씨. 욕 나올 뻔했다."

나도 언니를 따라 얼음 하나를 물었다. 사탕을 깨물듯 오도독 얼음을 깼다.

"하루는 전 여사를 붙들고 하소연을 했어. '엄마, 사는 건 언제쯤 쉬워져?' 그랬더니 진 여사 왈. '죽을 때까지 안 쉬워져. 이번 파도가 지나서 휴, 안도하면 또 다음 파도가 몰려와. 계속 몰려와.' 이러는 거야. 나는 실망했지. 그래서 또 질문을 했어. '그럼 엄마, 나이 들면 좀 현명해지는 건가?' 그랬더니 전 여사가 이렇게 말해. '아니던데? 더 멍청해지던데?' 나는 정말 정말 실망했어. 몸이 낡으면 머리라도 좋아져야 공평한 건데 지금보다 더 멍청해지다니. 구원은 없는 거구나 싶었지."

언니가 자못 비장해진 얼굴로 나를 골똘히 바라봤다.

"그래서 달리기를 시작했어."

언니가 유리컵을 소리 나게 탁자에 내려놓았다.

"달려 보니까 좋더라고. 머리도 맑아지고. 인생 장난 아니구나. 삶은 원래 힘든 거구나. 그걸 내가 받아들이는 유일한 순간이 달리기를 할 때야."

언니가 어깨를 활짝 펴면서 내게 물었다.

"넌 언제?"

"뭐요?"

"달리기 말이야."

"저도 달리기가 그래서 좋아요. 내가 좋으니까 남도 당연히 좋아할 거라고 생각했나 봐요. 아닐 수도 있는 건데."

언니가 나를 지그시 바라보다가 물었다.

"민희 이야기구나?"

나는 잠깐 고개를 숙인 뒤 약간 쳐들면서 언니 얼굴을 쳐다봤다. 오늘따라 유달리 빛나는 언니의 눈동자가 가만히 나를 응시했다.

"언니, 내일 나오죠?"

"당근. 내일 보자."

언니가 자리에서 일어서며 말했다. 취직 준비와 알바로 언니는 많이 피곤해 보였다. 다크서클이 한층 짙어진 언니를 뒤로하고 카페를 나왔다. 내일 한바탕 달리고 나면 언니가 생기를 띤 해사한 얼굴로 돌아왔으면 좋겠다.

민희의 휴대폰은 꺼져 있었다. 카톡에도 아무 답이 없었다. 아니, 카톡을 아예 확인조차 하지 않았다. 나와 다툰 것 때문에 그 애가 러닝 하이에 안 나오면 어쩌나 걱정이 됐다. 러닝 하이에 나오고 싶다면 내가 당분간 쉬면 된다는 말을 해 주고 싶었다. 그 말을 들으면 그 애는 미간을 찌푸리며 오지랖 좀 그만 부리라고 말할지도 모르지만.

어쨌든 모임 전에 그 애를 만나야 했다. 작은 단서들을 그러모았다. 민희가 오빠와 이야기를 나눌 때 옆에서 대충 흘려들었던 말들이 기억난 건 우연이었다. 그 애가 그랬다. 세린중 바로 앞 아파트에 사는데 자기 동에서 학교 운동장이 고스란히 내려다보인다고. 그래서 마음이 답답할 때면 창문을 열고 학교와 운동장을 바라보곤 한다고.

그 말을 단서 삼아 무작정 움직였다. 내가 추측한 아파트 동 앞에 서서 하염없이 기다렸다. 몇 층에 사는지, 몇 호에 사는지 알 수 없으니 그 방법밖에 없었다.

러닝 하이가 시작되기 전에 그 애를 만나야 하는데. 이마에 송골송골 맺힌 땀을 손등으로 닦으면서 아파트를 나서는 사람들을 바라봤다. 토요일 오전 8시부터 집을 나설 정도로 부지런한 사람은 많지 않았다. 그중에 민희가 속해 있을 리 없었다. 시간이 꼬박꼬박 흘렀다. 8시 30분이 지나자 마음이 초조해졌다. 땀에 흠뻑 젖은 티셔츠가 조금씩 마르면서 몸이 약간 식었다. 목이 탔다. 그러고 있는데 민희와 눈매가 똑 닮은 남자애가 쑥 나타났다. 뭐에 홀린 사람처럼 나는 그 남자애를 무작정 쫓아갔다.

"저기요."

남자애가 화들짝 놀라며 멈춰 섰다.

"저요?"

"혹시 민희 알아요?"

민희의 커다란 눈동자와 단정하게 내려온 눈꼬리를 빼다 박은 남자애가 천천히 고개를 꾸벅거렸다.

남자애가 가르쳐 준 호수 앞에 서서 숨을 크게 들이마셨다. 혀로 마른 입술을 훑은 뒤 벨을 눌렀다.

"누구세요?"

카랑카랑한 목소리가 울려 퍼졌다. 민희 엄마인 것 같았다.

"저, 민희 친구예요."

현관문이 열리고 눈을 동그랗게 뜬 민희 엄마가 나타났다. 민희의 커다란 눈동자는 엄마를 닮은 거구나. 놀라움을 금방 거두고 민희 엄마는 반갑게 나를 맞았다. 민희 방에 자연스럽게 나를 떠밀더니 음료수와 과일을 한 아름 안고 들어왔다.

"민희한테 이렇게 멋진 친구가 있는 줄 몰랐네. 이름이 뭐라고?"

"하빈이에요."

"그래. 실컷 놀다 가."

문이 닫히고 민희와 나만 남았다. 민희 턱에 붙여진 밴드가 먼저 눈에 들어왔다. 아직도 많이 아픈 건 아닌지 걱정스러웠다. 책상다리를 하고 침대에 등을 기댄 채 앉아 있는 민희와 옷장 근처에 앉아 있는 나 사이는 불과 30센티미터였지만 기분은 마치 300미터 떨어져 있는 것 같았다. 그 애와 나 사이에 놓인 휑뎅그렁한 침묵이 어색했다. 나 때문인지 오늘따라 더욱 불편해 보이는 그 애 얼굴을 보니 마음이 좋지 않았다. 얼른 할 말만 하고 가야겠다.

"오늘 러닝 하이 있는 날이잖아."

내 목소리가 작은 방 안에 고요히 퍼졌다.

"편하게 나오라고. 당분간 나는 쉴 것 같아."

민희는 입을 굳게 다물고 있었다. 허공을 노려보고 있는 그 애 얼굴이 아슬아슬해 보였다. 평소와 달리 많이 푸석해 보여 좀 낯설었다.

"그 말 하려고 왔어. 이만 갈게."

문을 열려다 말고 나는 잠깐 몸을 돌렸다.

"아, 그리고…… 미안해."

민희가 고개를 살짝 빼고는 나를 올려다봤다.

"강요할 생각은 아니었지만 그렇게 느꼈다면 내가 잘못한 거니까. 나 때문에 힘들었다면 정말 미안해."

나는 정중히 고개를 한 번 숙인 뒤 방문을 열었다. 방을 나서자 아주머니가 쪼르르 달려와 막아섰다.

"더 놀다 가지."

"다음에 또 올게요."

운동화를 신는데 번뜩 그 생각이 났다. 민희 가족을 만나면 꼭 물어봐야겠다고 생각한 상처!

"저 여쭤볼 게 있는데요."

"응, 뭔데?"

"민희 팔에 난 상처는 언제 난 거예요?"

내 질문에 아주머니는 잠깐 눈을 말똥말똥 뜨더니 아이처럼 깔깔 웃으셨다.

"어머, 민희 친구 맞구나. 세상에, 그건 언제 봤대."

민희가 방문 앞에 엉거주춤 서 있었다. 아주머니는 민희를 한 번 힐끗 돌아보더니 내 쪽으로 시선을 돌렸다.

"쟤가 세 살 땐가. 전기밥솥에서 솟구치는 김이 신기했는지 거기에서 놀았나 봐. 잠깐 한눈판 사이에 말이야. 갑자기 목 놓아 울기에 달려가 봤더니 팔이 벌겋더라고. 놀다가 뜨거운 수중기에 팔이 데인 거지."

"아."

나는 크게 머리를 끄덕이다가 입을 열었다.

"참, 그거 아시죠? 민희 손재주 남다른 거. 민희가 해 준 음식 먹고 저 기절하는 줄 알았어요. 너무 맛있어서요."

"어머, 그랬니?"

엉겁결에 말이 자꾸 튀어나왔다. 약간 시큰둥한 아주머니의 대꾸에 허둥지둥 인사를 하고 민희 집을 나왔다. 터덜터덜 복도를 걷다가 걸음을 멈췄다. 어두운 민희 얼굴과 달리 아주머니는 환한 얼굴로 나를 맞았다. 민희에게 어제 어떤 일이 있었는지 전혀 모르는 눈치였다. 민희가 어쩌다가 다쳤는지, 누구와 싸웠는지, 평소에 누구와 친하게 지내는지 전혀 모르는 듯했다.

중학생 때까지 나는 학교에서 작은 일만 생겨도 곧장 엄마한테 달려가 종알종알 모든 걸 다 이야기했다. 엄마는 맞장구를 쳐 주면서 내 이야기를 들어 줬다. 그럴 때마다 나는 세상을 다 가진 기분이었다. 엄마가 공감해 주고 내 편을 들어 주면 세상 모든 사람이 다 내 편인 것 같았다.

텅 빈 하늘을 멍하니 바라봤다. 온몸이 굳어 버린 것처럼 한 발자국도 디딜 수가 없었다. 화를 내는 민희의 목소리에서 느꼈다. 민희 몸 안에 오래된 분노가 살고 있구나. 가슴속에 오래전부터 차오르던 분노가 터져 나오면 사람의 귀가 아니라 몸에 먼저 와닿는다. 민희는 얼마나 오래 시간 분노를 쌓아 올린 걸까. 그동안 얼마나 외로웠을까. 가슴 한구석이 먹먹해 왔다.

민희가 답답할 때마다 바라본다던 학교와 운동장을 보고 싶었지만 복도에서는 아파트 주차장밖에 보이지 않았다. 나는 꾸욱 눈을 감고 민희가 내려다보았을 학교 운동장을 상상했다. 그 안을 가득 채우고 있을 아이들의 활기찬 모습을 떠올려 보려 애썼다.

말할 수 없는 비밀

민희

기억이 어슴푸레 되살아났다. 불씨가 살아나자 나머지 기억도 스멀스멀 몸집을 키워 가며 조금씩 선명해졌다.

내 앞을 가로막은 것은 뜨거운 수증기였다. 팔이 화끈거렸다. 밥솥에서 솟구친 수증기에 화상을 입고 어린 나는 목 놓아 울었다. 서럽게 울부짖는 소리 뒤로 "민희야!"라고 부르는 목소리가 들렸다. 그렇게 엄마가 달려와 나를 안아 주는 장면에서 기억은 끝났다.

나는 비스듬히 방문에 기대섰다. 눈앞이 뿌예졌다. 분명 엄마가 잘못해서 난 상처라고 확신했다. 얼마나 애를 방치했으면 팔에 이런 상처가 났을까 싶어 오래도록 엄마를 원망했다.

방금까지 그녀가 앉아 있던 자리를 가만히 건너다봤다. 사과를 하러 집까지 찾아오다니. 꿈도 꾸지 못한 일이다. 그녀의 용기에 나는 감탄했다. 그녀가 사과할 일이 아니었다. 쓸데없이 화를 내고 모진 말을 던진 사람은 나였다. 그런데도 여기까지 나를 찾아와 줬다. 내가 다툼 때문에 러닝 하이에 나가고 싶은데 못 나갈까 봐. 계속 달리고 싶은데 자기 때문에 포기할까 봐.

러닝 하이에 나가야겠다. 사과를 해야겠다. 그녀와 함께 다시 달리고 싶었다.

시간을 확인한 뒤 재빨리 옷을 갈아입었다. 엘리베이터에서 내리자마자 후다닥 달리고 싶었지만 다친 곳이 아플까 봐 일단 천천히 걸었다. 어라? 의외로 다리가 아프지 않았다. 밤에도 막 쑤시던 팔과 다르게 다리는 벌써 회복된 듯했다. 조금씩 속도를 높여 봤다. 다리가 잘 움직였다. 얼굴에 달려드는 바람이 상쾌하기 그지없었다. 숨을 한 번 깊이 들이켰다. 심장이 쿵쾅거리고 땀이 삐질삐질 나고 막혔던 혈관이 뻥 뚫린 듯 마음이 시원했다. 숨을 할딱거리면서도 나는 미소를 머금었다.

집 앞에 도착해 현관문을 탕탕 두드렸다. 그녀가 문을 열더니 놀란 토끼 눈으로 나를 맞이했다.

"러닝 하이, 같이 가요."

거친 숨을 토해 내면서 나는 이어 말했다.

"늦었어요. 얼른요."

그녀의 얼굴 위로 작은 미소가 떠올랐다. 그녀가 다급히 운동화를 신고 나왔다.

"운동화 끈 확인했어요."

손가락으로 운동화를 가리켰고 그녀는 고개를 비장하게 끄덕였다. 그걸 신호로 우리는 달음박질쳤다. 버스에 허겁지겁 올라타고 내리자마자 우리는 다시 달렸다. 나란히 달리다가, 앞서거니 뒤서거니 하다가, 신호에 걸린 사이 숨을 몰아쉬느라 헉헉대다가 또 달렸다. 그렇게 단숨에 모임 장소까지 뛰었다.

반짝이는 호수 물결 사이로 달리는 무리가 보였다. 가까이 다가가니 무리 맨 앞에서 힘차게 달리고 있는 하나 언니와 설이 언니가 보였다. 달리는 사람들 사이로 우리는 자연스럽게 끼어들었다. 하나 언니가 설핏 뒤를 돌아보며 내게 윙크를 날렸다. 어라, 저거 어디에서 많이 보던 건데?

믿을 수 없었다. 꽤 빠른 속도로 달리는 첫 번째 그룹에 내가 속해 있었다. 내 속도가 전혀 꿀리지 않았다. 언니들과 비슷한 속도로 뛰고 있다니 감개무량했다.

신기하게도 달릴수록 더 힘이 났다. 허벅지가 당기고 숨소리는 점점 거칠어졌지만 다리는 기계처럼 움직였다. 가슴 밑바닥에서 처음 느껴 보는 기쁨이 솟구쳤다. 나도 할 수 있구나. 달리기를 한 시간만큼 내가 강해졌구나. 한 번도 느껴 보지 못한 자신감이 몸

구석구석을 꽉꽉 채웠다.

햇빛을 받아 반짝이는 호수의 물결이 그제야 눈에 들어왔다. 보석을 뿌린 것 같다는 묘사는 과장이 아니었다. 수면 위로 일렁이는 빛 알갱이는 금보다도 아름다웠다. 리더 그룹이 차츰 속도를 줄여나갔다. 모두 함께 숨을 헐떡이다가 멈춰 서서 쿨다운 마무리 스트레칭을 시작했다. 나도 사람들을 따라 스트레칭을 했다.

"타코 콜?"

설이 언니가 던진 말 한마디에 우리는 일사분란하게 움직였다. 하나 언니가 사람들과 작별 인사를 나눴고 설이 언니와 그녀가 남은 생수병을 정리했다. 나는 쓰레기를 좀 줍다가 언니들이 움직이자 슬슬 따라갔다. 내 기억이 맞다면 지난번에 하나 언니는 비프를, 설이 언니는 치킨을, 그녀는 새우타코를 먹었다.

"비프 하나, 치킨 하나, 새우 하나 맞죠?"

주문대에 서서 내가 외쳤다.

"와, 기억력 보소. 젊다, 젊어."

설이 언니가 엄지손가락을 척 올렸다. 하나 언니와 그녀는 서로 돈을 내겠다고 실랑이를 벌였다. 그녀는 곧 알바비가 나온다고 고집을 부렸고 하나 언니는 자기가 오늘 꼭 내야 한다며 끝까지 버텼다.

"오늘은 내가 사야 한다니까."

하나 언니의 묵직한 목소리에 우리는 순간 집중했다.

"나 오늘, 중대 선언 할 거거든."

언니가 씨익 웃었다. 그녀는 두 손을 들며 항복을 선언했다.

"잘 먹겠습니다."

타코가 나왔다. 나는 신중히 향을 맡은 다음 타코를 먹었다. 천천히 씹으며 충분히 맛을 음미했다. 치킨이 신선하지 않은데? 냉동닭인가? 나초를 살사소스에 푹 찍어 먹었다. 나초는 만족스럽지만 살사소스에 식초가 덜 들어갔다. 그런 생각을 하고 있는데 언니들이 봄에 참가했던 마라톤 이야기를 꺼냈다.

"얘는 중도 포기 했잖아. 단거리와 장거리는 다르다고, 준비 제대로 하고 뛰어야 한다고 그렇게 잔소리했는데 말을 들어 먹어야지."

설이 언니 말에 그녀가 발끈했다.

"그게 아니라 다리에 쥐가 났다니까요. 몇 번을 말해요."

그녀가 억울하다는 듯 외쳤지만 설이 언니는 입을 삐죽였다.

"준비를 안 하고 뛰었으니까 쥐가 나지."

"아, 억울해!"

그녀가 입바람을 후 불어 앞머리를 넘겼을 때 하나 언니가 끼어들었다.

"하라는 준비는 안 하고 플래시몹을 하셨지, 이분께서."

하나 언니가 손바닥을 활짝 펴 그녀의 목에 꽃받침처럼 갖다 댔다. 하나 언니 말에 기억이 새록새록 떠올랐는지 설이 언니는 타코를 내려놓더니 물개 박수를 쳤다.

"맞아. 그거 대박이었는데."

"플래시몹이 뭔데요?"

내가 물었고 언니들은 번갈아 가며 대답했다. 이야기를 요약하면 이랬다.

플래시몹은 전혀 모르는 사람끼리 공지 사항인 지령을 받고 정해진 시간과 장소에 모여 특정 행동을 하고 순식간에 사라지는 행위란다. 지령을 받은 익명의 사람들이 강남 거리 한복판에 모여 정해진 시간에 일제히 바닥에 드러누워 있다가 흩어진다. 혹은 광화문 광장에 나타나 글자 카드를 들고 나란히 서 있다가 군중 속으로 슬쩍 모습을 감춘다. 우연히 플래시몹 영상을 보고 그녀는 몹시 흥분했다. 그들이 무척 즐거워 보여서 부러웠다나. 그래서 어차피 신청한 마라톤에 플래시몹을 접목하기로 했다.

"네 티셔츠 문구는 뭐였지?"

하나 언니가 물었고 설이 언니는 막힘없이 대꾸했다.

"그걸 어떻게 잊어. 나는 페미니스트입니다."

"맞다. 나는 뭐였지?"

"너는 무난했지. 나는 나로 살겠다, 였을걸."

병풍처럼 오가는 언니들의 대화를 열심히 좇고 있는데 그녀가 불쑥 말했다.

"아무리 생각해도 내 게 최고였죠, 안 그래요?"

언니들은 그녀의 말에 동의하는 대신 머리를 절레절레 저어 댔다.

"뭐였는데요?"

"나는 상또라이로 살겠다."

그녀는 자부심이 느껴지는 얼굴로 킥킥거렸고 설이 언니는 어이없다는 얼굴로 다부지게 팔짱을 꼈다.

"하여튼 재밌긴 했어."

하나 언니가 너털웃음을 터뜨리며 말했다.

"그렇죠. 그날 날씨도 진짜 죽였고요."

"님이 쥐 났다고 난리만 안 쳤어도 완벽했죠, 아주."

설이 언니가 눈을 부라리며 성깔을 부리는데도 그녀는 여유만만이었다. 쉴 새 없이 오가는 말 사이에서 나는 잠시 귀를 닫고 상상했다. 내가 만약 그 자리에 있었다면 어땠을까. 그녀가 내게는 어떤 문구가 적힌 티셔츠를 내밀었을까. 그걸 내가 입긴 했을까?

언니들의 말소리가 점점 작아진다. 웅성거리는 소리 뒤로 안내방송이 흘러나온다. 사람들이 출발점에 모여 몸을 풀고 스트레칭을 시작한다. 우리도 출발선 앞에 대기 중인 무리에 합류한다. 몇몇 사람이 등에 적힌 글씨를 읽고 하하 크게 웃는다. 웃음소리가 사라진 자리에 썰렁함이 들어 찬다. 분위기가 금세 술렁인다. 사람들이 티셔츠 문구를 비웃고 있나 보다. 시작하기도 전에 기운이 빠진다. 오늘 잘 달릴 수 있을지 걱정하며 운동화 앞코로 바닥을 콩콩 찧고 있는데 갑자기 박수 소리가 탁 터져 나온다. 한번 터진 박수 소리가 삽시간에 파도처럼 번진다.

"멋지다!"

"나도 좀 또라이로 살아 볼 걸."

"우리도 나답게 삽시다!"

목청껏 외치는 소리 뒤로 여러 사람이 동시에 박수 치는 소리가 울려 퍼진다. 안도감이 퍼진다. 나는 언니들을, 언니들은 나를 바라본다. 언니들 입가에 환한 미소가 천천히 떠오른다. 박수 소리가 잠잠해질 때쯤 출발이 임박했다는 안내 방송이 마지막으로 나온다.

나는 출발 직전 내 몸한테 안부를 묻는다. 오늘 컨디션 어때? 좋아. 어깨는? 괜찮지. 허벅지는? 발목은? 아주 좋아. 더할 나위 없이 최고야. 발밑에서 긴장감이 쫙 올라온다. 어깨와 손을 털면서 그녀를 힐끗 본다. 그녀는 고개를 크게 끄덕여 준다.

탕! 출발을 알리는 총소리가 들린다. 완주 거리 42.195킬로미터. 하프 거리 21킬로미터. 우리가 달려야 하는 거리 10킬로미터. 결코 짧지 않은 거리지만 우리는 긴장하지 않는다. 우리의 목적은 완주가 아니니까. 좋은 기록을 세우는 것도, 남들보다 빨리 달리는 것도 아니니까. 우리는 쉬엄쉬엄 달리기로 한다. 중간에 힘들면 걷기도 하고 쉬기도 하고 물도 마시고 힘이 남아돌면 희희낙락 농담도 던지고 꽃도 보고 하늘도 한번 쳐다보고 그만 달리고 싶으면 미련 없이 딱 멈추기로 한다.

그래도 초반부 코스에서는 실력 발휘를 좀 하는 게 좋겠지. 우리는 부지런히 발을 놀린다. 금방 숨이 가빠지지만 이 정도는 식은 죽 먹기다. 나는 우리를 앞서 죽죽 앞으로 나아가는 사람들을 호기심 어린 눈으로 구경한다. 파란 하늘 위에 퍼져 있는 흰 구름을 힐끔거린다. 우리를 구경하는 인파에서 흘러나오는 기분 좋은 응원의 목소리를 귀담아듣는다. 피부에 닿는 공기의 온도와 습도를 생생히 느낀다. 앞다퉈 피고 있는 봄꽃을 보려고 두리번거린다. 은밀히 봄 냄새를 품고 있는 바람을 맡는다. 온몸이 짜릿하다.

"민희야, 어떻게 생각해?"

하나 언니가 내 어깨를 톡 치며 물었고 그걸로 내 상상은 끝이 났다.

"네?"

"하빈이가 너 요리 잘한다니까 설이가 네 요리 먹어 보고 싶대."

그녀가 등을 곧게 세우면서 불쑥 말했다.

"우리 집에서 하자. 메인 셰프는 민희로 하고 서브 셰프는 준휘 오빠로. 어때?"

설이 언니가 준휘 오빠도 요리를 곧잘 하느냐고 물었고 그녀는 새침하게 "조금요"라고 대답했다. 그럼 언제 만날까, 날짜를 당장 정하자, 스케줄 확인 좀 해 보고, 재료는 누가 준비하느냐 등등 언니들의 설전이 죽 이어졌다. 머리가 어질어질하고 정신이 하나도 없었다. 내가 요리를? 그것도 준휘 오빠랑 같이?

나보다 더 신이 난 그녀를 빤히 쳐다봤다. 아무렇지 않게 웃으며 떠들고 있다. 속이 없는 건지, 마음이 넓은 건지, 참 알 수가 없는 사람이다. 나라면 다시는 나 따위는 만나 주지 않을 거다. 배은망덕한 년이라고 욕을 실컷 퍼붓고는 당장 번호부터 삭제할 거다. 그런데 그녀는 먼저 사과를 하러 와 줬다. 지금도 일부러 쾌활한 척 웃는 게 아니라 진심으로 웃고 떠들고 있다. 보면 볼수록 신비로운 사람. 알면 알수록 더 제대로 알고 싶은 사람. 나는 처음 만난 사람을 바라보듯 새로운 마음으로 그녀를 건너다봤다. 제멋대로인 나를 용서해 준 그녀가 한없이 고마웠다.

"언니들, 저 고백할 게 있어요."

결심이 섰다. 누구한테도 꺼내 본 적 없는 비밀을 언니들한테 까기로.

"뭔데?"

내게 몸을 바짝 들이미는 그녀.

"민희의 최초 고백. 두구두구두구."

테이블을 손가락으로 두드리며 추임새를 넣는 설이 언니.

"황당하실 수도 있는데, 혀에 대한 이야기예요."

"혀?"

세 언니가 동시에 되물었다. 눈을 동그랗게 뜨면서.

"우리 좀 조용한 자리로 갈까?"

하나 언니 말에 우리는 2층의 가장 구석진 자리로 옮겼다.

"우리는 준비됐어. 너 준비되면 말해."

하나 언니가 말했고 나는 비장하게 고개를 한 번 끄덕였다.

"제게는 누구에게도 말하지 못한 비밀이 하나 있어요. 생각해 보면 저는 어린 시절 또래보다 좀 조숙했던 것 같아요. 단정하게 옷을 입고 신호등을 건널 때마다 손을 들고 좌우를 훑어보는 모범적인 아이였죠. 남들에 비해 유달리 발달된 윗니를 적당히 가릴 줄도 알았고요. 저는 늘 입을 꾹 다문 채로 웃었어요. 웃기죠. 지금은 소심한 편이지만 그때는 인사성도 밝았어요. 그런데 뭔가를 먹을 때면 달라졌어요. 눈을 감고 씹는 행위에 집중했어요. 맛을 깊이 음미했다고나 할까요. 저는 몰랐는데 그럴 때마다 제 표정이 웃겼나 봐요. 진지하기도 하고 딱딱하기도 하고 변태 같기도 했나 봐요. 애들이 저를 놀려 대서 알았어요. 그러다가 사건이 터졌어요."

설이 언니가 침을 꼴깍 삼켰다.

"그게 뭔데. 숨넘어갈 것 같아."

"초등학교 때 일이에요. 급식을 먹는데 미역국 맛이 좀 희한했어요. 한번도 느껴 본 적 없는 맛이었는데 짠맛도, 신맛도, 단맛도 아니었어요. 굳이 분류하자면 쓴맛과 가까웠어요. 그 맛을 느낀 순간 직감적으로 알았어요. 사람들이 이 국을 먹지 못하게 해야 한다는 것을."

선생님한테 걸어갔다. 선생님은 옆에 앉은 선생님과 이야기를 나누고 있었다. 쭈뼛쭈뼛 다가가 선생님을 불렀지만 목소리가 작았는지 웅성거리는 소리에 묻혔다. 하는 수 없이 좀 더 큰 소리로 선생님을 불렀다. 가까스로 내 소리를 들은 선생님은 고개를 돌렸다. 무슨 일인지 말해 보라는 눈빛을 보냈다.

나는 예의 작은 목소리로 돌아가 겨우 대답했다.

"선생님, 국이 이상해요."

부지런히 수저질을 하던 선생님들이 한꺼번에 나를 돌아다봤다. 선생님이 천천히 자리에서 일어서며 물었다.

"국이 어떻다고?"

그때 잠깐 망설였다. 지금 상황을 뭐라고 설명해야 좋을지 알 수 없어 난감했다. 부드러운 미역의 향내가 은은하게 퍼지는 것을 무참히 가로채는 맛. 혀를 살짝 휘감다가 톡 쏘며 지나가는 맛. 생전 처음 느껴보는 쓰면서도 꺼끌꺼끌한 맛. 그걸 뭐라고 표현해야 할지 알 수 없었다. 결국 단순하게 의사를 전달기로 마음먹고 용기를 쥐어 짜 내 말했다.

"먹지 않는 게 좋겠어요."

내 말을 듣고 선생님은 밥을 먹고 있는 반 아이들 쪽으로 걸어 갔다. 아이들을 찬찬히 둘러보며 선생님은 상냥하게 물었다.

"여러분 오늘 국이 이상해요? 맛이 없어요?"

아이들은 그제야 국이 나왔다는 걸 알아차린 사람처럼 숟가락으로 국을 떠먹었다. "맛있어요." 한 아이가 말했다. "음, 괜찮은 것 같아요." 다른 아이가 말했다.

아이들의 말을 듣고 선생님은 빙긋이 미소 지으면서 내게 다가왔다.

"민희야, 열이 있거나 감기 기운이 있는 건 아니니? 그럼 맛을 제대로 느낄 수 없단다."

그때 나는 선생님의 눈을 똑바로 바라보며 말했다.

"저는 분명 느꼈어요."

선생님은 마지못한 얼굴로 자기 자리로 돌아가 국을 맛 봤다. 눈을 지그시 감고 맛에 집중했지만 알고 있었다. 아이들처럼 선생님도 '그 맛'을 절대 느낄 수 없으리란 것을. 선생님은 나를 내려다보며 상냥하게 말했다.

"선생님도 괜찮은데?"

나는 내 이야기에 귀 기울이고 있는 언니들을 차례로 둘러봤다.

"저는 자리로 돌아왔지만 수저를 들지 않았어요. 선생님과 말하는 동안 밥이 식었고 반찬도 마음에 드는 게 없었거든요. 다음 날 몇몇 아이들이 설사병으로 결석을 했고 경미한 증상을 보인 아이들은 조퇴를 했어요. 저희 반뿐만이 아니라 다른 반 아이들도 줄줄이 결석을 하거나 조퇴했죠."

"헐!"

언니들의 휘둥그레진 두 눈이 일제히 내 얼굴에 꽂혔다.

"그럼……."

그녀가 눈을 말똥말똥 뜨며 말끝을 흐렸다.

"선생님은 조용히 저를 불렀어요. 저는 내심 선생님이 저를 칭찬해 주리라 기대했나 봐요. 그런데 선생님 얼굴은 딱딱하게 굳어 있었죠. '너는 어떻게…….' 그런 말을 흘리면서 저를 바라보던 그 눈빛을 아직도 생생히 기억해요. 그 눈빛에 흐른 묘한 경계심과 별종을 보는 듯한 적개심도요. 그 일을 겪은 뒤 저는 제 혀를 꽁꽁 숨겼어요. 혀를 무뎌지게 하려고 별 짓을 다 했고요. 그렇게 저는 평범해진 지금에 만족해요."

말을 끝마치고 나는 스프라이트를 한 모금 마셨다. 언니들은 한동안 얼빠진 표정으로 아무 말이 없었다.

"민희야, 네 혀는 아직도 특별해."

하나 언니가 침묵을 깨고 말했다.

"지금은 아니에요, 언니."

"오늘 타코 먹으면서 느낀 걸 말해 봐."

설이 언니가 눈을 가늘게 뜨며 상체를 테이블에 바짝 붙였다.

"지난번보다 살사소스에 식초가 덜 들어갔더라고요."

"하빈아, 느꼈어?"

"아뇨, 전혀."

"또 뭘 느꼈어?"

이번에는 하나 언니였다. 나는 언니 쪽으로 눈길을 돌리며 대답했다.

"닭에서 살짝 냄새가 났어요. 냉동 닭을 잘못 해동하면 나는 냄새요. 언니도 느꼈죠?"

설이 언니가 단호하게 고개를 좌우로 저었다.

"아니."

그녀가 내 어깨를 손으로 짚었다.

"민희야. 남과 다르다는 건 저주가 아니야. 너만의 특별함이고 그건 소중한 거야."

"저는 그냥 평범하고 싶어요."

나는 딱딱하게 대꾸했다. 선생님이 나를 바라보던 그 눈빛을 다시는 보고 싶지 않다. 사람들이 그때처럼 외계인을 바라보듯 나를 쳐다본다면 견딜 수 없을 것 같다.

"오늘 민희가 큰 건을 터뜨려서 내 거는 다음에 해야겠다."

아, 맞다. 아까 하나 언니가 중대 선언을 한다고 했는데. 내가 어쩔 줄 몰라 하자 하나 언니는 호탕하게 제안했다.

"나도 이젠 맨입으론 안 되겠네. 민희 요리를 맛보는 날까지 중대 발표는 보류."

시크한 눈빛으로 나를 응시하다가 하나 언니가 미소를 지었다. 오랫동안 혼자만 간직해 온 비밀을 말해 버리고 나니 속이 후련했다. 시선을 들어 나를 바라보고 있는 언니들을 차례로 들여다봤다. 나를 바라봐 주는 언니들의 따뜻한 눈빛 때문일까. 마음에서 서서히 안도감이 퍼졌다. 행복했다.

갭이어

하빈

방문을 정중하게 두드리는 소리가 들렸다.

"들어와."

푸근한 냄새를 품고 엄마가 들어왔다. 엄마는 내 쪽으로 성큼 다가와 두 손으로 가만히 내 어깨를 만졌다.

"하빈아, 엄마랑 이야기 좀 할까?"

엄마는 침대 위에 걸터앉았고 나는 의자 방향을 엄마 쪽으로 돌렸다. 엄마가 여유로운 미소를 머금은 채 말문을 열었다.

"준휘한테 이야기 들었어. 마음은 좀 어때?"

"괜찮아졌어."

입양 이야기를 들은 후 지금까지 나는 평상시와 똑같이 엄마를 대했고 엄마 또한 그랬다. 그렇지만 내 마음속 깊숙한 곳에 사는 어린아이는 시도 때도 없이 앙탈을 부렸다. 작고 사소한 일까지 트집을 잡거나 서운함을 느꼈다. 아무 이유 없이 엄마가 전보다 몇 배 멀게 느껴지기도 했다. 그럴 때마다 나는 속마음을 꽁꽁 감추었다. 엄마 앞에서 티 내지 않으려고 애썼다.

"하빈아."

엄마가 부드럽게 내 이름을 불렀다.

"엄마가 자주 봉사를 가는 곳에서 너를 처음 만났어. 너는 깡마른 몸을 돌돌 만 채 커다란 눈동자를 더디게 끔벅이는 아이였어. 말을 걸어도 대답도 잘 안 하고 구석진 곳에 틀어박혀 있기 좋아했지. 어느 날 집에 가려는데 네가 내 손을 덥석 잡는 거야. 그러더니 다짜고짜 엄마, 라고 했어. 나는 속으로 깜짝 놀랐지. 얘가 왜 이럴까. 너만 유난히 예뻐한 것도 아니었는데 왜 나를 엄마라고 부를까. 그날 집으로 돌아와서 많이 울었어. 내 팔목을 꼭 붙든 네 손아귀 힘이 자꾸 떠올랐어. 오래전부터 불러 온 것처럼 당연하다는 듯이 엄마라고 부른 목소리가 계속 떠오르더라. 다음 날 곧바로 너를 만나러 갔어. 이미 마음을 굳힌 상태였지."

울고 싶지 않았다. 밝은 얼굴로 엄마 이야기를 듣고 싶었다. 괜찮은 척이라도 하고 싶었다. 눈을 위로 치켜뜨며 애꿎은 천장만 하염없이 쳐다봤다.

"네가 다 컸다고 생각했어. 너는 씩씩한 아이였으니까. 그래서 입양 사실을 잘 받아들일 거라고 막연하게 생각했나 봐. 네가 이렇게 힘들어할 줄 엄마도 아빠도 몰랐어."

그 작고 마른 아이는 어쩌자고 낯선 여자의 손목을 잡았을까. 어쩌자고 엄마도 아닌 여자를 천연덕스럽게 '엄마'라고 불렀을까.

"하빈아, 누가 뭐래도 너는 우리 가족이야. 엄마한테 하나밖에 없는 딸이야."

과거 어느 날, 작고 마른 아이가 낯선 사람의 손을 붙든 것처럼 엄마가 내 손목을 지그시 잡는다. 누가 지어 준 줄도 모르는 내 이름을 살갑게도 부른다. 가끔은 몹시 궁금했다. 내 이름은 누가 지었을까? 어떤 마음으로 이런 이름을 지은 걸까? 이 이름 안에는 어떤 뜻이 담겨 있는 걸까?

"힘든 마음이 가라앉을 때까지 기다릴게. 엄마랑 아빠가, 준휘 오빠가 곁에 있다는 것만 잊지 말렴. 그래 줄 거지?"

나는 작지만 분명하게 고개를 끄덕거렸다. 오늘도 나는 아무렇지 않은 척 엄마와 평소처럼 대화를 나눌 생각이었다. 그런데 엄마가 내 이름을 상냥한 목소리로 부른 순간부터 나는 울 준비를 하고 있었는지도 모른다.

"내일 준휘 생일이니까 우리 맛있는 거 먹으러 가자. 뭐 먹을까?"

"오빠한테 물어봐야지. 오빠 생일인데."

"준휘가 너보고 물어보라던데? 걔는 동생 바보야, 아주."

"흐흐, 오빠 돼지갈비 좋아하잖아. 그거 먹으러 가."

"그래, 알았어."

하지만 나는 울지 않았다. 울고 싶지 않았다. 다만 크게 웃고 싶었다. 엄마와 나의 첫 만남을 알게 된 기념비적인 날이니까. 나는 더이상 작고 마른 아이가 아니다. 깡마른 몸을 돌돌 만 채 구석진 곳에 틀어박혀 있기 좋아하던 서하빈이 아니다. 나는 엄마와 아빠의 딸이고 서준휘의 동생이다. 그랬다. 나는 세상에서 가장 복이 많은 사람이었다.

이제 더는 친부모를 찾지 않겠다. 친부모 또래의 사람들을 보며 가슴 아파하지 않겠다. 그저 그들이 나를 버렸다는 죄책감에 시달리지 않고 건강히 잘 지내기를 바라자. 그들과 나는 멀리 떨어져 있고 죽을 때까지 만나지 못할 확률이 크다. 그래도 괜찮다. 혹 운이 좋아 만날 수 있다면 고맙다는 말을 꼭 하고 싶다. 세상에 태어나게 해 줘서, 좋은 부모를 만나게 해 줘서 고맙다고.

민희의 연락을 받고 공원 안 미술관으로 향했다. 미술관 정문 앞에 서 있는 민희에게 손을 흔들었다. 우리는 미술관을 지나 금속 조각상이 보이는 나무 벤치에 앉았다. 민희는 자리에 앉자마자 고개를 푹 숙였다.

"미안해요."

민희의 손과 입술이 부들부들 떨렸다.

"다른 것들로 화가 났는데 분풀이를 애꿎은 사람한테 했어요. 그날 제가 한 말들 다 잊어 주세요."

"벌써 잊었어, 나는."

"정말 죄송해요."

민희의 사색이 된 얼굴과 가늘게 떨리는 목소리 때문에 오히려 내가 안절부절못했다. 민희가 한참 만에 고개를 들고는 나를 바라봤다.

"부러웠어요."

민희의 눈동자가 조금 촉촉해졌다.

"자신감 넘치고 날씬하고 잘 웃는 사람이 늘 부러웠어요. 가족한테 사랑을 듬뿍 받아서 무슨 일이 있어도 주눅이 들지 않는 사람을 보면 질투가 났어요."

나는 속으로 웃음을 터뜨렸다. 내가 얼마나 나약하고 모순적인 사람인지 민희 눈에는 안 보이나 보다. 어떻게 그럴 수 있지? 내가 얼마나 모자란 사람인지 어떻게 눈치채지 못할 수 있지? 그랬구나. 민희는 나의 멋진 부분을 확대경으로 바라봐 주면서 자신의 멋진 점은 바라보지 않는구나. 자신의 장점보다는 단점에만 집중하는 사람이구나.

"민희야. 네가 얼마나 멋진 사람인지 넌 모르는 것 같아."

"저 구려요. 제 안엔 무시무시한 괴물이 살아요. 그날 봤잖아요."

"그 정도 가지고 무슨 괴물. 내 안에 있는 건 더 해."

말해 주고 싶었다. 너는 특별하고 멋진 사람이라고. 네 안에 숨은 멋진 모습을 발견하라고. 눈을 크게 뜨고 자신을 관찰하라고. 자신을 정당하고 귀하게 대하라고. 무엇보다도 멈추지 말고 계속 달리라고. 느리게 달려도 좋고 빨리 달릴 필요도 없고 누군가를 이길 필요도 없다고. 중요한 건 즐거움을 잃지 않고 오래 달리는 거라고. 그리고 달리기를 통해 있는 그대로의 자신을 바라보는 자유를 마음껏 누리라고. 매일 자신을 사랑할 필요는 없지만 가끔은 사랑해 주라고. 종종 괜찮은지 물어봐 주라고. 아프고 힘들다면 어떤게 가장 힘드냐고 스스로에게 꼭 물어봐 주라고. 그게 힘들면 내가 대신 물어봐 주겠다고. 그래도 된다면 가끔 내가 너의 안부를 물어봐 주고 너의 마음을 걱정해 주겠다고.

"네가 해 준 프렌치토스트가 자꾸 생각 나. 네가 알려 준 방법대로 해 먹어 봤는데 그 맛이 아니더라. 네 손맛이 뛰어난 거지. 그리고 그날 들려준 이야기, 정말 놀라웠어. 네가 그 특별한 미각을 되살렸으면 좋겠어. 너의 미각과 손맛이 만난다면…… 상상만으로도 짜릿하다."

말을 잠깐 쉬고는 곧바로 덧붙였다.

"마지막으로 하나만 더. 넌 웃는 게 무지 예뻐. 그니까 많이 웃었으면 좋겠어."

민희는 눈물이 그렁그렁한 눈으로 피식 웃었다. 나는 시선을 높이 올려 하늘을 바라봤다. 저 파란 하늘이 우리의 미래라면 얼마나 좋을까. 하지만 힘겨운 일이 어김없이 닥칠 것이다. 아무리 열심히 해도 원하는 걸 다 가질 수는 없을 것이다. 먹구름 하나 없이 푸르기만 한 하늘은 없는 법이니까.

"그만 일어날까?"

시선을 내리며 내가 말했고 민희는 천천히 자리에서 일어났다. 우리는 말없이 공원 입구까지 걸었다. 횡단보도를 건넌 다음 우리는 자연스럽게 민희 집으로 방향을 틀었다.

"참, 왜 휴학했는지 궁금하다고 했지?"

민희를 건너다보자 가만히 고개를 주억거렸다.

"나는 지금 갭이어 중이야."

"갭이어요?"

"아일랜드에서는 고1이 되면 1년 동안 정규 과정을 쉬고 자기가 선택한 과목을 들을 수 있어. 공부 스트레스에서 벗어나서 자기가 뭘 좋아하고 뭘 싫어하는지 탐색하는 거지. 게다가 한 달 동안 직업 체험도 할 수 있어. 자기가 평소 염두에 둔 직업을 몸소 체험해 볼 수 있대."

우리는 신호등에 걸려 횡단보도 앞에 섰다.

"이거다, 싶었어. 1년 정도 쉬면서 내가 하고 싶은 일들만 해 보고 싶더라고. 알바도 해 보고 배우고 싶은 것도 배우고 관심 있던 모임에도 나가고 아무것도 하고 싶지 않은 날은 아무것도 하지 않고. 그러고 싶었어."

"그럼 내년에는 복학하는 거예요?"

"아직 모르겠어. 휴학을 더 할지, 복학을 할지 그것도 모르겠고 고등학교를 졸업하고 대학을 갈지 안 갈지 그것도 모르겠어. 고민 중이야."

신호등이 바뀌었다. 우리는 마지막 횡단보도를 나란히 건넜다.

"해 보고 싶지?"

내 물음에 민희가 미간을 살짝 찡그렸다.

"엄마가 안 된다고 할걸요."

"내가 설득해 볼까?"

"진짜 처참히 깨질걸요."

민희가 샐쭉한 표정으로 태클을 걸었다. 나는 민희 어깨에 팔을 척 걸치면서 외쳤다.

"엄청 깨지더라도 한번은 몸을 던져야 해."

민희가 고개를 조금 돌려 나를 뚫어져라 쳐다봤다.

"원하는 게 있다면 한 번쯤은 깨질 각오로 덤벼 봐야지."

생각에 잠긴 듯한 민희 얼굴을 힐끔거리는 사이 아파트 후문에 도착했다.

"러닝 하이에서 보자."

"네, 언니."

민희가 한층 밝아진 목소리로 대꾸했다. 예스! 드디어 민희가 나를 언니라고 불렀다. 나는 감동에 겨워 히죽해죽 웃었다. 그런 나를 보며 민희는 예의 그 수줍음 많은 미소로 돌아가 인사를 꾸벅했다. 어느덧 발그레해진 민희의 두 뺨이 귀여웠다.

잠깐 사이에 이런 생각이 스쳐 지나갔다. 민희한테 더 좋은 모습을 보여 주고 싶다. 나에게 하나 언니와 설이 언니가 그렇듯이 힘든 순간 생각나는 사람이 되고 싶다. 주저앉고 싶을 때 살짝궁 기대고 싶은 사람이 되고 싶다. 그러려면 어떤 사람이 되어야 할까? 민희한테 손 인사를 가볍게 건네고는 보도블록 위로 뛰기 시작했다. 화창한 하늘 위로 빠르게 흘러가는 구름 무리를 넌지시 올려다봤다.

달리기를 좋아하는 이유는 수없이 많았다. 달리는 순간 나는 세상에 존재하지 않았다. 나는 휴학생도, 딸도, 동생도, 십대도, 청소년도, 그 누구도 아니었다. 친부모에게 버림받은 입양아도, 누가 지은 이름인지 앞으로도 알 수 없을 '서하빈'도 아니었다. 나는 그저 나였다. 달리는 순간 오롯이 나는 나로 존재했다.

당분간 혼자 달릴 때마다 민희 생각이 날 것이다. 내 뒤에서 이를 앙다물고 나를 쫓아오던 민희의 다부진 얼굴이 그리울 것이다. 거칠게 호흡하던 민희의 숨소리와 민희가 흘린 땀방울이 새록새록 떠오를 것이다. 혼자여도 충분히 좋지만 혼자 달린다는 것이 얼마나 처절하게 외로운 일인지 뼈저리게 느끼게 될 것이다. 한동안은 그럴 것 같다.

아직 닿지 않은 미래

민희

"미안해요."

내 목소리는 분노만 남은 그때처럼 생기 하나 없이 꺼끌꺼끌했다. 어깨가 들릴 만큼 큰 한숨을 몰아쉬고 있는데 그녀가 무심하게 말했다. 자기는 벌써 다 잊었다고.

심드렁한 말투 때문일까. 절로 안심이 됐다. 다시 한숨을 깊이 내뱉는데 몸이 바르르 떨렸다.

아파트 후문 앞에서 그녀와 헤어졌다. 그녀가 말했다. 러닝 하이에서 보자고. 그 순간 긴장이 탁 풀렸다. 그녀가 내 사과를 받아 줬다는 사실에 마음이 편안해졌다. 앞으로 계속 러닝 하이에서 그녀를 만날 수 있다는 사실이 깊은 안도감을 줬다.

그녀가 남긴 말을 홀로 곱씹으며 놀이터로 발을 들였다. 내가 원하는 게 있다면 한번쯤은 깨질 각오로 덤벼야 한다? 그럴 수 있을까? 엄마를 비롯한 어른들과 온몸을 던져 맞짱 뜰 수 있을까? 나 같은 사람이? 겁 많고 무슨 일이 있든 도망칠 생각부터 하는 내가? 물결처럼 흘러가던 생각은 단단한 벽에 딱 막혀 버렸다. 온몸을 던져 지키고 싶은 게 대체 뭔데? 내가 진짜 원하는 게 뭔데?

불현듯 시영이가 생각 났다. 시영이는 잘 지내고 있을까. 지구 유일한 친구 시영이는 나를 어떤 사람이라고 생각하고 있을지 궁금했다.

— 시영아, 잘 지내? 많이 바빠?

놀이터 벤치에 앉아 신나게 노는 아이들을 멍하니 바라보는 동안 시간이 훌쩍 지났다. 카톡을 확인해 봤지만 시영이는 톡을 읽고는 아무 답이 없었다. 말도 없이 수학 학원을 그만둬서 삐쳤나? 방학식 날 방학 잘 보내라는 인사를 하지 않아서 서운했나? 그러고 보니 방학식 날 학교에서 본 게 시영이와의 마지막이었다. 달리기를 하느라 정신도 없고 몸도 피곤해서 시영이에게 연락 한 번 못 했고 시영이도 먼저 연락을 하지 않았다.

이대로 정말 끝인 건가? 항상 연락을 먼저 하는 사람은 나였다. 이해를 못 할 것도 없었다. 시영이는 나 말고도 친구가 많았으니까. 무얼 하든 같이하자고 들러붙는 사람이 차고도 넘치는 인싸였으니까.

다시 연락을 해 볼까? 손톱을 물어뜯다가 다리를 덜덜 떨었다. 바지에 묻은 먼지를 탁탁 털다가 손목에 감고 있던 고무줄로 머리를 질끈 묶었다. 톡 보면 전화 줄래? 이렇게 보내 볼까? 아니면 너무슨 일 있는 건 아니지? 이렇게 보내 볼까?

아이들이 하나둘 집으로 돌아갔다. 홀로 남아 희뿌연 어둠 속에서 휴대폰을 하염없이 들여다봤다. 내가 바빠서 연락 좀 못 했다고 이러는 건 아니지 않나? 어째서 매번 내가 먼저 연락을 해야 하는 건데? 네가 그렇게 잘났어? 인기 많고 친구 많으면 남을 이렇게 무시해도 되는 거야?

엄지손가락으로 탁탁탁 메시지를 쓰다가 지우기를 몇 번이나 반복하는데 문득 한 가지 생각이 꾸물꾸물 물꼬를 텄다. 이제 내게는 언니들이 있다. 웃는 모습이 무지 예쁘다고 말해 주는 하빈 언니가 있다. 그러니 이렇게 질척대는 톡은 보내지 말자. 필요 이상의 분노를 드러내지 말자.

나는 고개를 빳빳이 든 채로 벤치에서 일어났다. 옷매무새를 찬찬히 가다듬고는 잰걸음으로 놀이터를 빠져나왔다. 이상하게 기분이 째졌다. 배시시 웃음이 새어 나올 만큼 기분이 좋았다.

뜨거운 물에 목욕을 하고 침대에 벌렁 누웠다. 휴대폰 잠금을 풀었더니 답장이 도착해 있었다. 나는 상체를 일으켜 책상다리로 앉왔다.

─민희야, 유유가 아파서 지금 병원이야. 오늘은 연락 못 할 것 같아. 내가 내일 전화할게.

헉. 유유는 시영이네가 기르는 반려견이다. 시영이가 세상에서 가장 소중히 여기는 존재다. 급한 일이 있어서 답을 못 했던 거구나. 그것도 모르고 원망만 담긴 톡을 보낼 뻔했구나. 손바닥으로 가슴을 쓸어내렸다. 어쩐지 이 모든 일이 언니들 덕분인 것 같았다. 벌써부터 언니들이 보고 싶었다. 다음 러닝 하이 모임까지 6일이나 남았는데 어쩌나. 언니들에게 어떤 요리를 선보이는 게 좋을지 고민하다 스르륵 잠이 들었다.

수석 셰프 권민희와 부셰프 서준휘가 준비한 시식회는 성공적이었다. 나는 세심하게 요리와 재료를 안배하고 구성했다. 한마디로 말하면 동양과 서양이 한데 어우러지는 하이 퀄리티 퓨전 코스 요리라고나 할까?

우선 단호박수프와 카프레제샐러드로 입맛을 돋운 다음 부드럽게 익힌 닭가슴살이 들어간 로제리소토를 선보였다. 토마토소스와 크림소스의 매력을 동시에 맛볼 수 있는 신묘한 로제소스를 입 안에 넣은 순간 언니들은 눈을 반짝였다.

"와, 이거 겁나 맛있어."

설이 언니의 반응.

"내 말이 맞죠? 대박 맛있죠?"

하빈 언니의 반응.

타코를 비롯한 멕시코 음식을 좋아하는 언니들을 위해 소고기가 들어간 케사디야를 요리할 때는 소스에 신경을 썼다. 토마토소스, 굴소스, 올리고당, 다진 마늘과 함께 나만의 비법 양념을 추가했다.

언니들 접시에 노릇하게 구워진 케사디야를 하나씩 덜어 주고 초조하게 기다렸다. 언니들이 입을 크게 벌려 케사디야를 한 입 베어물었다. 입 안이 바짝바짝 말랐다. 아직 아무런 평가도 해 주지 않은 하나 언니한테 눈을 떼지 못하고 있는데 드디어 언니가 입을 열었다.

"민희야."

언니의 묵직한 목소리에 온몸의 털이 쭈뼛쭈뼛 곤두섰다. 언니가 이마를 심하게 구기면서 자리에서 일어났다. 맛이 별로인가? 왜 저렇게 인상을 쓰지?

"너 나랑 사업하지 않을래?"

그렇게 말하더니 언니는 남은 케사디야를 접어 한 번에 욱여넣었다. 나는 아일랜드 식탁 위에 납작 엎드리며 안도의 한숨을 내쉬었다. 준휘 오빠가 수고했다는 듯 내 어깨를 두어 번 두드리면서 환하게 미소 지었다.

"애는 원래 맛있는 거 먹을 때 미간을 잔뜩 구겨. 민희 쫄았지?"

설이 언니 말에 우리는 깔깔깔 웃어 댔다. 그러거나 말거나 하나 언니는 설이 언니 접시에 마지막으로 남은 케사디야까지 야무지게 먹었다.

이 정도로 배가 찰 언니들이 아니었다. 이번에는 한식이었다. 내가 가장 자신 있어 하는 김치전과 고추장찌개를 차례로 내놓았다.

"이 김치전, 내가 먹은 것 중에 제일 맛있어. 어떻게 이렇게 담백하고 바삭하지?"

설이 언니가 아슬아슬해 보이는 젓가락질로 김치전을 연신 집으며 중얼거렸다.

"신선한 두부를 으깨서 넣어야 맛있어요."

"아, 그게 비결이구나."

"고추장찌개는? 이거 만들 때 킥은 뭐야?"

하빈 언니의 물음에 준휘 오빠가 나 대신 대답했다.

"내가 봤어. 포도씨유와 참기름을 섞고 충분히 데워서 거기에 고추장을 볶더라고."

"그런 비법은 어디에서 참고해?"

"인터넷 검색하면 레퍼런스가 다양해요. 가끔 요리 프로도 보고요. 이것저것 시도하다가 제가 개발하기도 하고요."

"완전 전문가네."

설이 언니 말에 하빈 언니는 내가 뭐라고 했냐, 진짜 대박이라고 하지 않았냐 하면서 고개를 치켜올렸다. 하빈 언니의 의기양양한 표정에 준휘 오빠와 나는 동시에 풋, 하고 웃음을 터트렸다.

"다들 삼겹살 좋아하죠?"

준휘 오빠가 언니들을 둘러보며 물었고 언니들은 약속이라도 한 듯 동시에 고개를 주억거렸다.

"아까 민희한테 배운 건데요."

케사디야에 들어갈 고기를 양념장에 재우는 동안 시간이 잠깐 남아 오빠한테 삼겹살 맛있게 먹는 비법을 이야기해 줬다. 비법이라고 부를 것도 없었다. 삼겹살을 2.4센티미터 두께로 준비한다. 센 불로 충분히 달군 프라이팬에 삼겹살을 올린다. 타기 직전까지 굽는다. 노릇한 갈색이 될 때까지 양면을 모두 익힌다.

"그걸 마이야르 반응이라고 한대요."

내 말에 언니들은 다시 호들갑을 떨었다. 어머어머, 쟤 오늘 왜 저렇게 유식해 보이느냐는 둥, 내 이상형은 이제 삼겹살 제대로 굽는 남자라는 둥 재잘거림이 이어졌다. 언니들의 칭찬이 이어지고 얼굴이 화끈거릴 만큼 민망했지만 기분은 최고였다. 마음이 두둥실 떠올라 하늘을 날아오를 것 같았다.

후식으로 아포가토를 나눠 먹자마자 준휘 오빠는 정리를 시작했다. 정신없이 요리하느라 정리를 하나도 못 해 부엌은 엉망진창이었다. 묵묵히 옆에서 도와준 준휘 오빠가 없었다면 그 자리에서 쓰러졌을지도 모른다.

하빈 언니는 준휘 오빠를 도와 난장판인 부엌을 정리했고 하나 언니가 설거지를 했다. 나와 설이 언니는 식탁을 치우고 음식물 쓰레기를 한곳에 모았다.

"민희야, 수고 많았어. 정말 맛있었어."

앞치마를 곱게 접으며 준휘 오빠가 내게 다가와 자분자분 말했다. 가지런한 이를 드러내며 넌지시 웃는 오빠 얼굴을 바라보는데 또 심장이 찌르르했다.

"저는 이만 가 볼게요. 즐겁게 놀다 가세요."

오빠가 허리를 깊이 숙이면서 인사를 했다. 예의까지 바르다. 뭐 하나 빠지는 게 없다, 정말. 사람이 저렇게 완벽해도 되는 건가? 눈 씻고 찾으면 단점이 하나라도 있지 않을까? 나중에 하빈 언니한테 꼭 물어봐야지. 같이 사는 가족이라면 자잘한 단점 하나 정도는 알고 있을 거다.

"배 터질 것 같아."

오빠가 나가자마자 설이 언니는 바지 단추를 풀었다. 하나 언니도 소파 위로 쓰러졌다. 하빈 언니도 소파에 앉으면서 하나 언니한테 스스럼없이 몸을 기댔다. 나는 하빈 언니가 챙겨 준 방석에 앉아 과식했다며 괴로워하는 언니들을 흐뭇하게 건너다봤다.

"민희야, 진짜 나랑 사업하지 않을래?"

하나 언니가 상체를 일으키며 물었다. 나는 잠깐 멍했다. 농담이라고 하기에는 언니 표정이 진지하고 심각했다.

"농담 아니고 진짜 200프로 진심이야."

언니를 뺀 나머지 사람들은 눈을 휘둥그레 떴다. 설이 언니가 하나 언니 쪽으로 몸을 홱 틀며 눈을 가늘게 떴다.

"너 설마 창업하려고?"

설이 언니 말에 하나 언니는 고개만 끄덕끄덕.

"중대 발표라는 게 이거였어?"

다시 고개만 끄덕끄덕.

"헐, 얘가 돌았네."

설이 언니가 씩씩거리면서 허리를 양손으로 짚었다. 아까 언니가 던진 말이 농담이라고 생각한 나도, 언니들을 번갈아 바라보는 하빈 언니도 놀라긴 마찬가지였다.

"창업 성공 확률이 몇 프로인 줄 알지?"

설이 언니 눈에서 불꽃이 튀었지만 하나 언니는 차분했다.

"알지."

"근데 창업을 하시겠다? 자기는 성공할 거라고 생각하나 본데……."

하나 언니가 말을 가로채고는 조곤조곤 말했다.

"실패할 거라 생각해. 그래도 해 보고 싶어."

"너 정말……."

"실패도 팔팔할 때 해 봐야지. 지금 아니면 언제 해 보겠어, 안 그래?"

하나 언니가 가슴을 쭉 펴며 쾌활한 어조로 말했다. 언니들의 눈씨름이 얼마간 이어졌다. 조마조마하게 언니들을 바라보고 있던 하빈 언니가 입을 열었다.

"언니, 기왕 할 거 멋지게 실패해 버려요."

하나 언니 입술 끝에 미소가 살며시 떠올랐다.

"알았으. 멋~ 지게 실패해 주지."

설이 언니가 레이저 같은 눈빛으로 하나 언니와 하빈 언니를 쏘아봤다.

"성공할 수도 있잖아요."

나는 들릴락 말락 한 목소리로 말했지만 언니들의 시선이 일제히 내게로 쏠렸다.

"성공 확률이 만약 5프로라면 100명 중 5명은 성공한다는 뜻이잖아요."

나도 모르게 내 목소리는 점점 단단해졌다.

"오, 민희~ 오늘 좀 멋진데?"

하빈 언니가 손뼉을 한 번 치며 말했다. 그렇게 잠깐 머쓱해져 있는데 하나 언니가 소파 밑으로 스르륵 내려왔다.

"민희 네가 도와주면 성공할 수 있어. 네 손맛과 미각이 필요해."

"제 미각이요?"

"내가 생각해 둔 사업 아이템이 쌀가루로 만든 케이크 전문점인데, 그러니까 글루텐 프리라고. 너 글루텐 알지?"

그렇게 하나 언니는 나를 붙들고 사업 설명회를 시작했다. 언니 말을 다 알아듣지 못했는데도 가슴이 쿵쾅거렸다. 작지만 단아하고 깨끗한 가게에서 눈보다 더 하얀 쌀케이크를 만드는 내 모습이 선명하게 그려졌다. 홀에서 음료를 만드는 준휘 오빠와 계산대 앞에서 손님들을 응대하는 하빈 언니까지 보였다. 나는 제멋대로 상상의 나래를 펼쳤다.

어느 때보다도 앙칼지고 세게 쏘아붙였지만 진심으로 하나 언니를 걱정해 주는 설이 언니의 마음을 언니도 알고 있을 것이다. 단단한 신뢰로 연결된 언니들의 우정이 부럽고 대단해 보였다. 깊이 믿는 사이이기에 화도 낼 수 있고 대놓고 독설을 날릴 수도 있는 거 아닐까.

내가 민폐가 아니라 도움이 될 수 있다면 하나 언니를 돕고 싶다. 혀의 예민한 감각이 예전처럼 돌아올지 아닐지 알 수 없지만 오늘 뼈저리게 깨달은 사실이 하나 있다. 요리하는 시간이 좋다. 내 요리를 사람들이 맛있게 먹어 주는 게 미치도록 좋다.

가족한테 미안하지만 엄마가 떠밀어서 꾸역꾸역 요리를 했을 때는 행복하지 않았다. 내가 행복하지 않기에 점점 더 대충 음식을 만들었다. 그런데 앞으로는 집에서도 더 즐겁게 요리를 할 수 있을 것 같다. 이제는 엄마가 시키는 요리만 하지 않겠다. 내가 좋아하는 요리도 당당히 해 먹고 시도해 보고 싶은 새로운 요리도 해 볼 것이다. 엄마가 난리를 치든 말든, 가족이 손을 대든 안 대든 말이다.

어느 정도 소화를 시키고 언니들과 함께 동네 뒷산에 올랐다. 하나 언니의 사업 설명회가 끝날 즈음 설이 언니가 너무 많이 먹어 몸이 찌뿌듯하다고 했더니 하빈 언니가 뒷산 이야기를 꺼냈다. 야트막한 산이라 금방 오른단다.

"가자, 가자. 나 산에 오르는 거 좋아해."

설이 언니의 말에 우리는 집을 나서야만 했다. 나는 산에 오르는 게 처음이었고 하나 언니는 산에 오르는 걸 좋아하지 않는 눈치였지만 오늘만큼은 그 누구도 설이 언니의 심기를 건드리지 않아야 했다.

하빈 언니 말대로 정상이 그리 높지 않은 산이었지만 우리는 허덕대며 올랐다. 점심을 많이 먹은 탓에 몸이 천근만근 무거웠다. 하나 언니와 설이 언니가 앞장 섰고 하빈 언니와 나는 언니들을 뒤따라갔다. 언니의 숨소리가 조금 진정되었을 때 벼르던 질문을 던졌다.

"언니, 저번에 허밍으로 부르던 노래 말이죠. 그거 무슨 노래예요?"

언니가 오늘따라 유달리 말간 얼굴로 나를 잠깐 돌아다봤다.

"이건 그냥 내 추측인데 말이야. 그 멜로디는 나를 낳아준 엄마와 관련 있는 것 같아."

"정말요?"

"가족들 붙들고 몇 번이나 물어봤거든. 이 멜로디 무슨 노래냐고. 언제 알려 줬냐고. 근데 엄마 아빠는 모르더라고. 눈만 말똥말똥 뜨면서 계속 아름다운데 좀 슬프다, 이런 말만 하고."

"그럼 그 멜로디는 친부모님에 관한 유일한 단서네요?"

"그런 건가?"

경사도가 약간 있는 오르막을 오르느라 대화는 잠시 끊겼다. 다시 평지가 나타났을 때 언니가 이어 말했고 나는 언니 곁에 바짝 붙어 걸었다.

"그 멜로디를 누구한테 들었는지 모르겠는데 신경 쓰지 않으려고. 그 노래가 나를 낳아 준 엄마가 남긴 흔적이든 아니든 말이지. 그 단어가 뭐였더라? 포기는 아니고, 후회도 아니고……."

"체념이요?"

"응, 맞아. 그거. 체념하려고."

가끔 보면 언니는 나보다 어휘력이 좀 달리는 듯하다. 하지만 뭐 어떤가. 나는 책을 많이 읽지 않아도 뭐든 행동부터 하고 보는 언니가 신기하고 멋져 보인다.

"진짜 괜찮은 거죠? 미련, 없는 거죠?"

"괜찮다니까."

그렇게 말해 놓고 언니는 숨을 크게 들이쉬더니 콧노래를 시작했다. 지난번처럼 낮고 작은 소리가 아니었다. 나를 위해 언니는 크고 선명한 멜로디를 이어 나갔다. 그래서일까. 멜로디는 슬펐지만 우울하지 않았고 애절했지만 절망적이지 않았다. 나뭇잎 사이를 비집고 들어온 햇살이 우리가 걸어가는 길 위에 아롱졌다. 숨을 크게 들이쉰 만큼 허밍은 한낮의 공기를 오래도록 떠다녔다. 언니의 허밍에 매미의 울음소리가 잠깐 묻혔다.

허밍이 끝나자마자 매미 소리가 다시 커졌다.

"친부모 찾기를 그만두면서 스스로와 약속한 게 있어."

언니가 혼잣말을 하듯 낮게 읊조렸다.

"나 스스로를 잘 대해 주기로 했어. 그래야 남들도 날 소중하게 대할 테니까."

그 말을 듣고 뜨끔했다. 나는 누구에게도 1순위가 아니었다. 가족 안에서도, 하나뿐인 친구 시영이한테도, 선생님이나 선배 사이에서도 한 번도 1순위였던 적이 없었다. 그게 늘 불만이었다. 가까운 사람들한테 기대하다가 실망하는 걸 반복하는 사이 내 안에는 서운함만 쌓였다. 마음 가득 쌓인 서운함은 화가 되었고 그건 누가 건드리기만 해도 쉽게 폭발하는 다이너마이트였다.

언니의 말을 듣고 곰곰이 생각해 봤다. 꼭 누구에게 1순위여야만 하나? 나 스스로에게 내가 1순위면 되지 않나? 언니가 예전에 말했지. 아무도 날 칭찬해 주지 않으면 나 스스로 칭찬해 주면 된다고. 그러고 싶다. 나 자신을 내가 아껴 주면서 칭찬해 주고 싶다. 그러다 보면 부당한 대우를 받을 때도 묵묵부답으로 일관하거나 답답하게 참지 않고, 부당한 건 부당하다고 잘못된 건 잘못되었다고 말할 수 있는 사람이 될 수 있지 않을까? 언젠가는 그럴 수 있지 않을까?

"꺄아!"

설이 언니가 비명을 질렀다. 소나기였다. 억수처럼 쏟아지는 비를 우리는 맨몸으로 맞았다.

"완전 신나."

하빈 언니가 두 팔을 벌려 온몸으로 비를 느꼈다.

"시원하다."

하나 언니가 비에 흠뻑 젖은 머리칼을 손으로 넘기며 감탄했다. 피부에 닿는 빗방울의 감촉이 어느 때보다도 생생했다. 비에서 풍기는 냄새가 나무의 향기와 만나 콧속을 가득 채웠다. 지금 내가 여기 살아 있구나. 그런 실감이 마음을 꽉 채웠다. 비와 함께 바람이 불었지만 서늘하지도, 춥지도 않았다. 하지만 주체할 수 없이 몸이 떨렸다. 설렘 때문이었다.

남은 오늘이, 아직 닿지 않은 미래가 설렘으로 다가왔다. 토요일마다 언니들과 함께 달릴 일이, 시영이와 맛있는 떡볶이를 먹으러 갈 일이, 준휘 오빠를 다시 만날 일이 설렜다.

정상에 도착했다. 먼저 도착한 언니들이 내게 손짓했다. 비에 홀딱 젖은 언니들에게 쏜살같이 달려갔다. 우리 모두 영락없이 비 맞은 생쥐 꼴이었지만 초라하지도, 볼품없지도 않았다. 내가 먼저 빵긋 웃자 언니들도 멋진 미소로 화답했다. 언니들 뒤로 펼쳐진 너른 하늘을 보다가 내가 살고 있는 세상을 내려다봤다.

참고 자료

· 김상민 『아무튼, 달리기』 위고, 2020
· 박성우 『난 빨강』 창비, 2010
· 마이클 노튼 『세상을 바꾸려 태어난 나』 환경재단 옮김, 명진출판사, 2008
· 〈[윤희영의 News English] 불합격 통지서: A rejection letter〉 조선일보, 2012

엄마와 순천을 거쳐 남해를 여행한 시기의 일이다. 남해의 한 숙소에서 우연히 〈생로병사의 비밀〉이라는 프로그램을 봤다. 달리기를 하는 사람들이 나왔는데 모두 표정이 밝고 좋아 보였다. 달리기의 효과와 요령을 멍하니 보면서 한 가지 생각이 머릿속을 스쳤다. 나도 달려 볼까?

달리기에 관한 책들을 모조리 섭렵했지만 달리기를 시도하는 일은 쉽지 않았다. 몇 백 미터를 채 못 가 걷기로 전환하는 일이 부지기수였다. 달리기가 힘들면 빨리 걷기라도 하자. 빨리 걷는 것도 힘들면 그냥 걷기라도 하자. 그렇게 계속 목표를 하향 조정했다. 자기합리화일 수도 있지만 걷는 일도 좋았다. 달릴 수 없다면 많이 걷기라도 하자고 스스로를 타일렀다.

여전히 달리기에 대한 로망을 품고 있다. 언젠가는 마라톤에도 꼭 나가 보고 싶다. 10킬로미터가 힘들다면 5킬로미터도 좋다. 코로나가 잠잠해지면 참석하고 싶은 달리기 모임도 몇 개 알아 뒀

다. 신기하게도 몸과 마음은 아주 긴밀히 연결되어 있다. 몸이 건
강한 사람은 마음도 건강하다. 몸을 많이 쓰고 운동을 부지런히
하는 사람은 마음은 물론이고 뇌도 건강하단다. 많은 뇌과학자들
이 달리기를 하는 이유도 여기에 있을 것이다.

민희를 닮은 제자가 있었다. 더 따뜻하고 섬세하게 대해 줬어야
하는데 그러지 못한 것이 마음에 두고두고 남았다. 그런 나에 비
한다면 하빈, 하나, 설이는 얼마나 지혜로운 사람들인지. 그들이
민희를 대하는 방법을 통해 많이 배웠다. 좋은 사람이 되는 길은
너무도 어렵다. 나라는 사람은 부족한 것이 많아 소설 속 인물을
통해 반성하고 깨달을 수밖에 없나 보다.

사람과의 관계가 어려워 도망가고 싶을 때도 있다. 외톨이로 지
내는 것이 나아 보일 때도 있다. 하지만 여지없이 이런 문장들을
만나고야 만다. '사람은 사람을 통해 살아갈 힘을 얻는다.' '행복해
지려면 다른 사람과 더불어 살 줄 알아야 한다.' '다른 사람의 온기

없이 살아가는 일은 불가능하다.'

 더 노력해야겠다. 어떻게 해야 좋은 사람이 될 수 있는지, 얼마나 더 깨져야 지금보다 더 큰 사람이 될 수 있는지 모르겠다. 그렇지만 포기하지 않고 발버둥 치다 보면 언젠가는 하빈이 민희에게 손을 내밀었던 것처럼 기적 같은 순간을 만날 수 있을지도 모른다.

 교정 과정 내내 함께해 준 김정택 편집자님과 편집부에 깊이 감사드린다. 항상 내 곁을 지켜 주는 가족과 친구들에게 그리고 소설을 끝까지 읽어 준 독자 분들께 두 손 모아 사랑의 인사를 전한다.

뜨거운 여름을 기다리며
탁경은

러닝 하이

ⓒ 탁경은, 2021

초판 1쇄 발행일 | 2021년 6월 28일
초판 3쇄 발행일 | 2023년 8월 8일

지은이 | 탁경은
펴낸이 | 정은영

펴낸곳 | (주)자음과모음
출판등록 | 2001년 11월 28일 제2001-000259호
주　소 | 10881 경기도 파주시 회동길 325-20
전　화 | 편집부 (02)324-2347, 경영지원부 (02)325-6047
팩　스 | 편집부 (02)324-2348, 경영지원부 (02)2648-1311
이메일 | jamoteen@jamobook.com
블로그 | blog.naver.com/jamogenius

ISBN 978-89-544-4722-5(43810)